Dieu et France

LAURIERS DE LYRE

Poèmes de guerre et d'après-guerre

PAR

L'ABBÉ HENRI THUILLIER

Curé de la Neuve-Lyre

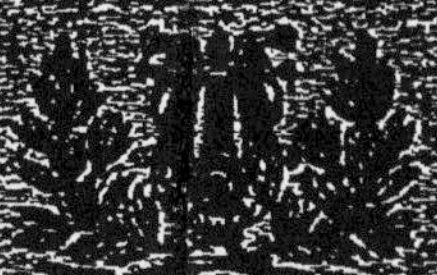

Lauriers, tu orneras ma lyre
Quand je chanterai les vainqueurs.
Ovide, Mét., Liv. I.

ÉVREUX
IMPRIMERIE DE L'EURE
6, rue du Meilet, 6

1923

LAURIERS DE LYRE

Au Poëte Normand

PAUL HAREL

FONDATEUR

DU

PALINOD DE LYRE

Hommage reconnaissant.

H. Th.

ŒUVRES POËTIQUES

de l'Abbé H. THUILLIER

LES ESCOVIENNES

I. **Les Grands Jours d'Écouis.**
II. **Chez Nous.**
III. **Pastorales** *(épuisé).*

JEANNE D'ARC

Drame pastoral en deux actes pour Jeunes Filles.

LES PAGES DE JEANNE D'ARC

ou **La Délivrance d'Orléans**

Drame historique en deux actes pour Jeunes Gens.

ROSES FRANCE

Quinze saynètes de guerre pour Jeunes Filles.

(2e édition)

LAURIERS DE LYRE

Poésies de guerre et d'après-guerre.

Dieu et France

LAURIERS DE LYRE

Poèmes de guerre et d'après-guerre

PAR

L'ABBÉ HENRI THUILLIER

Curé de la Neuve-Lyre

Laurier, tu orneras ma lyre
quand je chanterai les vainqueurs.

OVIDE, *Mét.*, Liv. I.

EVREUX

IMPRIMERIE DE L'EURE

6, rue du Meilet, 6

—

1923

NIHIL OBSTAT :

Ebroicis, die 4ª januarii 1923.

G. BONNENFANT,
Censor designatus.

IMPRIMATUR :

Ebroicis, die 10ª januarii 1923.

SAUDEUR,
Vic. gen.

VOIX DOULOUREUSES

PRÉLUDE

> *La Nature entière gémit jusqu'à présent.*
>
> Saint Paul, aux Romains, VIII, 22.

Entends-tu le sanglot
Du flot,
Sous la rumeur, qui gronde,
Profonde,
Au sommet soucieux
Des cieux?

Que de voix murmurantes,
Mourantes,
Que de clameurs, d'éclats,
De glas,
De vibrations sourdes
Et lourdes

Prolongent ce motif
Plaintif
Dans les champs, les usines,
Les mines,
Sur la mer aux abois,
Sous bois :

Voix du métal qui glisse
Et crisse,
Se sentant par l'acier
Broyer ;
Voix du chêne que brise
La bise ;

Voix du sillon, au choc
Du soc ;
Voix du blé que la herse
Disperse
Ou que serre de près
Le grès ;

Voix de l'oiseau rapace
Qui passe,
Épouvantant les nids
Bénis ;
Plaintes des tourterelles
Entre elles ;

Sifflements des serpents
Rampants ;
Rugissements d'émeutes
Des meutes ;
Râles dans les buissons ;
Frissons ;

Coassants tintamarres
Des mares ;
Bourdonnants branle-bas,
Combats
Que livrent les vermeilles
Abeilles ;

Hululements des roux
Hiboux
Et des oiseaux sans nombre
De l'ombre
Et les mille autres bruits
Des nuits,

Cependant que s'élève
Sans trève,
A travers ce concert
De l'air,
L'âpre houle des peines
Humaines...

Oui, la Nature, Ami, —
Gémit ;
Mais, tandis qu'elle souffre,
— Du gouffre
Sort un monde nouveau
Plus beau.

15 octobre 1912.

LAURIERS DE LYRE

EN GARE DE LYRE

Les trains se succédaient sans interruption.
Comme le grondement prolongé d'un cratère,
Leur roulement, en ébranlant la terre,
Redoublait notre émotion :

N'avaient-ils pas drainé les garnisons entières
De Rennes, Saint-Brieuc, Vitré, — d'autres encor :
L'âme, le sang — et la Foi de l'Armor,
Pour les transporter aux frontières ?

Dans les mêmes convois, tout le matériel
Suivait : — provisions à la hâte empilées,
Caissons, canons aux bouches muselées,
Mais, menaçant déjà le ciel.

Et des chevaux – suivaient aussi, — petits de taille
Mais, nerveux, hennissant, lorsque sifflaient les trains
Ou que sortaient, de l'avant, les refrains
Qui préludaient à la bataille...

Ces refrains, mais c'étaient les nôtres de jadis !
Chants pieux, devenus des chants patriotiques :
Ne sied-il pas de chanter des cantiques
Sur le chemin du Paradis ?

Marchons au combat, à la gloire !
Marchons sur les pas de Jésus :
Nous remporterons la victoire
Et la couronne des élus !

De quel ton généreux, de quelle voix virile,
Ils lançaient ce couplet aux échos d'alentour :
On l'entendait, à la chute du jour,
Sous les peupliers de la Risle.

Leur belle humeur était celle de Duguesclin :
— A Berlin, criaient-ils. Mais, plus que son royaume,
Ce qu'il nous faut, c'est la tête à Guillaume !
Nous la trouverons à Berlin !

Des têtes de carton, — en attendant la vraie, —
Avec nez aquilin et moustaches en crocs,
Avaient le don d'égayer ces héros,
Tandis que, tracés à la craie,

Des dessins rayonnaient jusque sur les fourgons,
Des vivats, soulignés de défis aux barbares,
Des vifs mercis à l'adresse des gares,
Où s'étaient fleuris les wagons.

Or, la foule accourait, accourait sans délire,
Bien que sortie un peu de son calme normand :
Elle voyait, non sans ravissement,
La Bretagne passer par Lyre.

Elle débordait de la gare sur les quais :
Elle avait apporté des paniers de cerises,
Des caisses d'œufs, des sacs de friandises
Et du bon cidre à pleins baquets.

Et nous joignions nos fleurs des champs aux fleurs des villes :
Des triolets accompagnaient nos lauriers verts :
Eux s'écriaient : Des vers pour nous ! Des vers !
Ils les écoutaient immobiles.

— Allez, soldats, les fronts laurés
Des lauriers verdoyants de Lyre !
Vous en cueillerez de dorés :
— Allez, soldats, les fronts laurés.
Ceux que vous nous rapporterez,
Nous les chanterons sur la lyre :
— Allez, soldats, les fronts laurés
Des lauriers verdoyants de Lyre !

Ils nous remerciaient, nous disaient : Au revoir,
Envoyaient des baisers à la foule attendrie
Et, tout joyeux de servir la Patrie,
Se relançaient à leur Devoir.

Un Breton n'a jamais douté de la Victoire :
Ils étaient déjà loin, nous entendions encor
Vibrer leur voix, comme le son du cor :
Marchons au combat, à la gloire.

— Oui, vous avez marché « sur les pas de Jésus »,
Chrétiens de la Bretagne et de toute la France.
Le Ciel n'a pas trompé votre espérance
D'être un jour parmi « les élus ».

Et j'offre à vos amis ces poèmes modestes,
Symbole insuffisant, mais promis, des lauriers
Dont Dieu lui-même honore ses guerriers,
Aux accords des lyres célestes.

8 Août 1914.

I

APRÈS CHARLEROI

A la Retraite, qui a suivi Charleroi, se rapportent plusieurs scènes ou récits des ROSES FRANCE :

Page 71. LA VIEILLE ALSACIENNE.
— 87. SŒUR HARDY.
— 101. GEORGET.
— 103. VOLTE-FACE.

A NOTRE ÉTOILE

Ave Maris stella.

Souviens-toi que la France est la terre Sacrée
Où tu fus, même avant de naître, vénérée,
Où ton nom, salué des Peuples et des Rois,
Connut autant d'autels que les clochers de croix,
Où pour glorifier ta bonté souveraine,
O notre Étoile, un jour, on te proclama Reine :

Souviens-toi que souvent sur ce pays aimé,
Tu rayonnas du ciel un rayon embaumé,
Un rayon à la fois de miel et de lumière :

Souviens-toi que jamais un marin en prière
N'implora vainement ton gracieux accueil,
Son navire fût-il engagé sur l'écueil :

Et puisque le torrent d'ennemis qui fait rage
Nous menace aujourd'hui du plus affreux naufrage,
O notre Étoile, daigne encor nous secourir :
Un seul de tes regards empêche de mourir.

25 août 1914.

A MADAME PLAYE, DE PONT-A-MOUSSON

TOUJOURS DEBOUT

D'après une lettre d'octobre 1914.

Debout sur la Tour de Mousson,
Jeanne, la vierge souveraine,
Sourit à sa bonne Lorraine
Et domine au loin l'horizon.

— Nous allons en avoir raison,
A dit l'Allemand dans sa haine.
Canons ! détrônez cette reine
Au boum-boum de votre chanson.

Et pour « faire capout » à Jeanne,
Dont le souvenir le condamne,
L'Allemand tire coup sur coup

Cent vingt boulets !... Vaine mitraille !
La Nature entière le raille.
Jeanne d'Arc est toujours debout.

Pont-à-Mousson, octobre 1919. « Jeanne d'Arc est toujours debout. » B. P.

A Mgr DÉCHELETTE, ÉVÊQUE D'ÉVREUX

En l'honneur de son frère le Commandant, l'illustre savant de Roanne, tué à l'ennemi.

FRANCE D'ABORD

La Science meurt, mais non la Charité.
Saint Paul. I Cor. XIII, 8.

Il n'était pas de ceux que rive la Science
A des textes glacés,
Et qui semblent parfois n'avoir plus conscience
Que des siècles passés.

Il avait parcouru l'étage solitaire
Des granits primitifs :
Rien n'avait échappé, des secrets de la terre,
A ses yeux attentifs.

Il avait vu la Faune et la Flore fossiles,
Quand, voilà cent mille ans,
Plus hautes que nos pins, les fougères graciles
Bordaient les océans,

Tandis que se livraient, à leurs pieds, sous leurs frondes,
D'effrayants démêlés
Entre les sauriens aux mâchoires immondes
Et les monstres ailés.

2

Il avait fréquenté chez l'homme des cavernes
Et le Gallo-Romain.
Il pouvait y conduire à leur tour les Modernes,
Par le plus sûr chemin.

Il aimait détailler les formes pittoresques
De rennes et d'aurochs
Dont nos premiers aïeux ornaient, comme de fresques,
Les parois de leurs rocs.

Et c'est plein de respect pour de si vieux ancêtres
Qu'il classait leurs outils :
Les haches de silex, dont ils fendaient les hêtres,
Taillaient les pilotis,

Leurs masses de silex pour abattre les fauves
Qui s'élançaient sur eux,
Leurs flèches de silex contre les vautours chauves,
Leurs harpons vigoureux...

Que de combats autour des grottes ou des huttes
Qu'on découvre aujourd'hui !
Mais il n'entendait pas s'absorber dans ces luttes :
Il se souvenait, lui,

Que les hommes déchus conservent dans leur âme
Un foyer de fureur,
D'où s'échappe souvent, au moindre choc, la flamme
Qui répand la terreur ;

Il se souvenait, lui, que les siècles n'ont guère
Progressé sur ce point
Qu'en subrogeant la balle à la flèche de guerre,
La bombe au coup de poing ;

Il se souvenait, lui, que les anciens ravages
Étaient loin d'égaler
Ceux que les descendants « cultivés » des sauvages
Savent accumuler;

Il se souvenait, lui, de la France meurtrie
Par l'Allemand vainqueur :
La blessure, le deuil, l'affront de la Patrie,
Il les portait au cœur.

Mais, puisque le moment était venu, sans doute,
De venger cet affront,
Pourquoi n'aurait-il pas voulu, coûte que coûte,
Batailler sur le front?

Pourquoi n'aurait-il pas repris la lutte antique
Du bien contre le mal
Et montré par les faits comment l'homme celtique
Subjugua l'animal?

Ou, s'il devait mourir (il avait encor l'âge
De pouvoir s'engager :
Est-ce le poids des ans qui pèse le courage
Ou celui du danger ?)

Pourquoi n'eût-il pas eu le droit, comme tant d'autres,
D'être frappé debout,
Comme le sont les vrais soldats, les vrais apôtres,
En sacrifiant tout?

— Ses parents, ses amis, sa Loire, son musée,
Ses travaux, son bonheur,
Il sacrifia tout à ta sainte Pensée,
O France, — à ton honneur!

Et nous qui le pleurons, nous avons dans nos larmes
Un rayon de fierté,
O France ! — Nous savons que la mort sous tes armes,
C'est l'Immortalité. *

* M. Joseph Déchelette, auteur d'ouvrages renommés, comme le *Manuel d'Archéologie préhistorique, celtique et gallo-romaine* (Paris, Picard, 1913), membre de l'Académie des Sciences, conservateur du Musée de Roanne ; il avait cinquante-deux ans quand la guerre éclata. Il s'engagea et fut tué presque aussitôt.

À LA MÉMOIRE DE L'ABBÉ ÉDOUARD BURGARD

Lyré au Palinod de Lyre de 1914, pour son **Alsace éternelle**

LA LYRE BRISÉE

— Je suis la Lyre qui vibre,
Insatiable d'accords,
Depuis que Dieu, fibre à fibre,
Tendit les nerfs de mon corps,
Depuis que mon cœur palpite
Comme l'oiseau qui s'agite
Dans l'étroitesse du nid,
Depuis que je sens mon âme,
Au souffle ardent de sa flamme,
M'emporter vers l'Infini.

Lyre vivante, — fleurie
Des modestes fleurs des champs,
A ma Petite Patrie
J'ai voué mes premiers chants.
Que de fois, ô mon Alsace,
Le vent caressant qui passe
Sous tes forêts de sapins,
Au parfum de tes bruyères
Joignit mes humbles prières
Et mes hymnes enfantins!

Puis, ce furent les années,
Où se cambrant sous l'effort,
Les lyres prédestinées
Prennent un accent plus fort.

Entre la Bible et Virgile,
Entre Homère et l'Evangile,
Entre l'Hymette et Sion
Tout s'élève, tout s'épure :
La grâce aide la nature
A trouver l'Expression.

Oh ! le frisson de tendresse,
De bonheur, de doux émoi
Lorsque de sa voix maîtresse
Jésus me dit : Sois à moi !
— Oui, je suis à vous, Bon Maître
Je le suis et je veux l'être
Et jusqu'à mon dernier jour,
Ce sera mon but suprême
D'obtenir que l'on vous aime,
En exaltant votre amour.

J'ai chanté le saint office,
Aux termes de mon serment.
J'ai sonné le sacrifice,
J'ai béni le sacrement.
J'ai connu la joie auguste
De souffrir avec le Juste
Que la Tyrannie étreint
Et j'ai goûté quelques charmes
A le venger de ses larmes
Avec ma corde d'airain.

Mais, soudain, la guerre éclate :
On entend son branle-bas.
Partout le sang écarlate
Ruisselle dans les combats.

Sous l'étendard tricolore,
Je dois vibrer plus encore :
Voici la ligne de feu.
C'est l'heure de l'Espérance,
L'heure de la Délivrance :
Résonnez, Lyre de Dieu !

⁂

La Lyre de Dieu résonne :
Le soldat court à l'assaut :
Si haut que le canon tonne,
La Lyre sonne plus haut.
Hélas ! une balle adverse
Qui tout à coup la transperce
Arrête son clair fredon.
Sa sonorité si pure
S'est éteinte en un murmure,
Un murmure de pardon *.

* L'abbé Burgard, mort au Champ d'honneur, le 25 août 1914. Il était sergent au 37e d'infanterie. Il fut tué en donnant l'absolution à son officier. — D'une lettre de ce dernier : « ... Je lui avais dit : « Le jour où cela chauffera, bien qu'en temps ordinaire je ne sois « pas pratiquant, je compte sur vous pour me mettre en règle avec « ma conscience. » Esclave du devoir. mon brave sergent s'est donc rapproché de moi... Il se mit face à moi, me couvrant pour ainsi dire de son corps. Il commença la conversation. A ce moment, il ouvrit les bras et tomba sur moi. Il avait reçu à travers son sac, une balle qui était allée droit au cœur. Comme j'étais sur la trajectoire de la balle, je suis convaincu qu'il m'a sauvé la vie. » (V. *Annales de Lyre* d'avril et de juin 1915.)

LE SHRAPNELL

— Prêtre, fais ton devoir et je ferai le mien.
— Qui parle ainsi ?
                    — C'est moi.
                              — Mais, tu n'es pas chrétien :
Tu le criais naguère, en me couchant en joue.
— J'étais un ennemi des curés, je l'avoue.
On m'avait tant bourré la cervelle contre eux !
Mon journal les traitait de Tartufes hideux,
D'exploiteurs, de tyrans, de modernes vampires.
« Si méchants qu'on les fasse, ils sont encore pires. »
Prétendaient mes amis... Mais, maintenant, je sais...
Je sais qu'ils ne sont pas de si mauvais français :
Je sais qu'ils ne sont pas des croyants hypocrites :
Je reprends à mon tour confiance en leurs rites.
La Mère me disait, au départ : Souviens-toi !...
Je me suis souvenu, j'ai retrouvé la foi.
C'est moi qui fus coupable et je ne veux plus l'être !
Je demande pardon à Dieu. Lève-toi, Prêtre :
Donne-moi le pardon de ton Dieu, de mon Dieu,
Et que je sois encor plus gaillard sous le feu.
Le Prêtre, se levant, lui dit : — Ta pénitence
Sera de prolonger ici la résistance,
Comme moi, jusqu'au bout.
                              — Oui, comme toi. Bravo !
Le Prêtre continue : *Ego te absolvo*,
Tandis que s'inclinant son compagnon se signe ;
Et l'un et l'autre vont reprendre leur consigne...

Mais non. Leurs âmes sœurs sont devant l'Éternel.
Ils ont été fauchés par le même shrapnell.

LA FORCE DE L'HABITUDE

A Essey et Maizerais, août 1914.

C'est un capitaine allemand,
Qui parle au curé du village.
La fureur est dans son langage,
Qu'il scande démesurément ;
La fureur est sur son visage :
Il soutient au curé qu'il ment.

— On a diré : la chosse est glaire
Guelgu'un a diré tu glocher.
— Alors, faites-le rechercher,
Répond le curé sans colère,
Et, voyant la nuit approcher :
— Voulez-vous que je vous éclaire ?

— Che rébède gu'on a diré,
T'ici gomme t'une retoute.
Le vranc-direur, c'est fous, sans toute.
Est-ce fous ? — Non, je l'ai juré.
— A teux bas t'ici, sur la route,
Che fous prouferai gue c'est frai.

Le prêtre suit le capitaine
D'un pas ferme et sans sourciller.
L'allemand, qui l'entend prier,
L'interrompt d'une voix hautaine :
— Mes hommes font fous vusiller
Sur le pord de cedde Vondaine.

Alors, sans crier casse-cou,
Mais, avec un souffle de trombe,
La masse énorme d'une bombe
Eclate auprès d'eux tout à coup.
Le capitaine allemand tombe,
Le curé, préservé, l'absout.

Inutile sollicitude :
Le capitaine était trop mort.
Du moins, ne plaignez pas son sort,
Bon curé ! La mansuétude...
Ah ! mes bons messieurs : c'est mon fort,
J'en ai tellement l'habitude.

A LA MÉMOIRE D'UN AMI

L'ABBÉ DELBECQUE

Fusillé pour avoir porté à la poste des lettres de soldats français à leurs parents.

Ils t'ont fusillé, noble Prêtre !
Ils t'ont fusillé, les bandits !
Ils t'ont fusillé comme un traître !
Est-ce que tu les as maudits ?

*
* *

Il revenait à bicyclette
Sans avoir leur permission :
La preuve était faite et complète :
Delbecque était un espion.

Quant à sa messe pour son père,
Elle donnait l'impression
D'une simple ruse de guerre :
Delbecque était un espion.

Sa vieille mère et sa tendresse
Pour elle ! — Une affectation
Qui côtoyait la maladresse :
Delbecque était un espion.

Son sac était bourré de lettres.
Mais, pour une autre mission
Il abattait les kilomètres :
Delbecque était un espion.

*
* *

A minuit, un Conseil infâme
Condamnait à mort ce héros.
A six heures, il rendait l'âme
En pardonnant à ses bourreaux.

Au milieu des plaines flamandes
Survivra le curé de Main,
Que douze balles allemandes
Étendirent sur le chemin.

*
* *

Ils t'ont fusillé, noble Prêtre !
Ils t'ont fusillé, les bandits !
Ils t'ont fusillé comme un traître :
Et tu ne les as pas maudits.

Septembre 1914.

AU CARDINAL LUÇON, ARCHEVÊQUE DE REIMS

LE PSAUME 78

D'après l'Hébreu.

Les étrangers nous ont envahis, ô mon Dieu.
Ils ont souillé votre héritage :
Ils ont fait un monceau de pierres du Saint Lieu,
Où nous allions vous rendre hommage.

Ils ont multiplié leurs assauts destructeurs :
Ils ont versé, comme une eau vile,
Le sang de vos Elus et de vos serviteurs
Dans les champs qui bordent la ville.

Ils nous ont empêchés de donner à nos morts
Le repos de la sépulture :
Hyènes et vautours se disputent les corps,
Qui leur sont laissés en pâture.

Si tels de nos voisins prennent pitié de nous,
D'autres rient de notre détresse :
Jusques à quand, Seigneur, vous irriterez-vous,
Comme une flamme vengeresse ?

Malgré notre malice et malgré notre erreur,
Nous vous proclamons notre Maître.
Que sur ceux-là plutôt s'abatte la terreur,
Qui refusent de vous connaître !

Ne vous souvenez plus de nos iniquités,
Seigneur, — mais, de votre indulgence !
Venez nous secourir ! Venez et vous hâtez :
Si pressante est notre indigence !

Secourez-nous pour la gloire de votre Nom !
Ne laissez pas dire à l'impie :
— « Leur Dieu n'a plus de force ou n'est plus là : sinon,
Il sauverait au moins leur vie ! »

Vous vous révèlerez, sitôt qu'il le faudra.
Vous êtes notre seul refuge.
Vous serez le Sauveur de votre peuple ingrat,
Après avoir été son Juge.

Et vous délivrerez, de votre bras puissant,
Ceux qui languissent dans les chaînes
Et vous étancherez les larmes et le sang,
— Et, pour châtier tant de haine,

Vous-même percerez sept fois notre assassin
De la dague vibrante et torse,
Qu'il a perfidement plongée en notre sein :
Il confessera votre force.

Et nous, nation sainte entre les nations,
Sur nos *lys lyriques* d'ivoire,
De générations en générations,
Nous célèbrerons votre Gloire.

LA VIERGE D'ALBERT

Non ignara mali.
VIRGILE (Énéide II).

O toi, qui rayonnais, jour et nuit, sur la cime
Où nous t'avions placée en notre piété,
Toi qui brillais au loin, comme un phare sublime,
Comme un éclair humain de la Divinité,

Quelle folie atroce ou quelle ardeur de crime
A pu pointer l'obus, dont ton pied fut heurté ?
Est-ce l'ancien serpent, échappé de l'abîme,
Qui se serait sur ton talon précipité ?

Et voilà qu'au-dessus de nos monceaux de pierres,
Prosternée en plein ciel, ô Vierge de Brebières,
Plus que jamais, tu tends Jésus à bout de bras,

Comme si tu disais à la France qui souffre :
Va, je vois tes malheurs du rebord de ce gouffre.
Avec Jésus et moi, tu te relèveras !

BÉNÉDICTION

Au Plessis-Brion, D. de Beauvais, le 30 août 1914. D'après le récit de M. l'abbé D.

— « Lieutenant, vous avez ordonné que je meure
« A huit heures sonnant.
« Je puis dire ma messe, ayant encore une heure.
— « Pien, fit le lieutenant :

« Mais à guelgue moment de fotre sacrivice
« Que fientraient les Vrançais,
« Che laisse teux soltats bour fous duer t'ovice :
« Un boint et c'esd assez. »

La minute d'après, je commençais ma messe,
Regardé de travers
Par deux grands clercs barbus, qui m'offraient la promesse
De leurs deux revolvers.

Je fis, bien entendu, l'abandon de ma vie
Dès le *Confiteor*,
A l'Offerte, au *Sanctus*, quand Dieu se sacrifie,
Et d'autres fois encor.

Mes clercs se tenaient bien, se tenaient mieux en somme
Que des enfants de chœur.
Malgré tout, leur présence (on est un si pauvre homme!)
Me gênait dans le cœur.

Qui n'aurait eu la vue et l'âme un peu distraites
Par des barbus de clercs
Qui présentaient trop haut, en guise de burettes,
Des revolvers trop clairs?

Et sur le moindre bruit, qui viendrait de la place,
Tous les deux feraient feu !
De penser à cela me fit, dans la Préface,
Balbutier un peu.

Ma messe, toutefois, s'approchait de son terme :
Les balles en duo
Ne m'avaient pas encore adressé, sec et ferme,
Leur *Spiritu tuo.*

A *l'Ite Missa est :* « Allez, la Messe est dite »,
Mes servants restaient là,
Quand j'entends sur la place une clameur subite :
— Les voilà ! Les voilà !

Le tumulte grossit, pénètre dans l'église.
Il en remplit la nef.
La Liturgie, à ce moment, m'immobilise,
Et m'incline le chef.

Je pense : Les Français auront repris la route :
Les reverrai-je? — Hélas !
Mes gardiens vont tirer... tirent déjà sans doute...
... Un *Deo gratias ?*

Un *Deo gratias*, qu'une voix bien française
Répond à mon latin
Me permet d'achever ma messe plus à l'aise
Et d'un ton plus certain.

Je bénis mon sauveur (vous voudrez bien le croire)
Avec effusion :
Et lui, d'accompagner de ses cris de victoire
Ma bénédiction.

Vous demandez pourquoi ma garde antipathique
Ne m'a pas fusillé ?
Je ne sais ; mais, elle est excusable, en pratique,
De m'avoir oublié.

AU MARÉCHAL JOFFRE

LE MIRACLE DE LA MARNE

... cet esprit d'imprudence et d'erreur,
De la chute des rois funeste avant-coureur.
RACINE (Athalie).

Ils avaient eu raison de nous, à Charleroi,
La raison du plus fort de leur artillerie.
Selon leur maxime chérie,
« La Force ayant primé le Droit »,
Ils en félicitaient leur Empereur et Roi :
Ils portaient jusqu'aux cieux leur funeste Patrie,
Tandis que la France meurtrie
Se repliait, mais sans effroi.

Vous la rappelez-vous, la marche envahissante
Des soldats de Von Klück, l'âpreté de leurs cris,
Leur désir de prendre Paris
Comme une pomme appétissante ?
Mais, ils avaient compté sans la Vierge Puissante,
Que leurs journaux couvraient d'injure et de mépris * :
Le vertige, dans leurs esprits,
Remplaça la joie indécente.

Ils étaient à Compiègne : ils dépassaient Nanteuil.
Ils voyaient rayonner Montmartre et ses coupoles.
La plus belle des Métropoles
Semblait promise à leur orgueil :

C'est alors que leurs chefs manquèrent de coup d'œil.
Ils venaient sur Paris, épaules contre épaules :
Comme l'ancien fléau des Gaules,
Ils n'en franchirent pas le seuil ! **

L'Allemand peut crier à la coïncidence !
— Il fut vaincu par Joffre et son Ordre fameux,
Par nos soldats prodigieux,
Mais aussi par la Providence :
C'est elle qui permit sa soudaine imprudence
Et qui, le jour natal de la Reine des Cieux, ***
Déjoua ses plans spécieux
Et châtia son impudence. ****

* Allusion aux injures du *Lokal-Anzeiger* à Notre-Dame de Lourdes.

** Attila s'était, *comme eux*, approché de Paris, où veillait Sainte Geneviève et, évitant Paris, il était allé se faire battre, *comme eux*, sur les rives de la Marne.

*** 8 septembre. Il résulte de leurs carnets, que l'ordre de recul fut donné aux Allemands ce jour-là, jour de la Nativité de la Sainte Vierge, qui fut aussi le jour de la prise de Sébastopol.

**** Tout le monde a vu, en France, dans la victoire de la Marne, l'intervention d'une Cause supérieure. Ceux qui ne nomment pas Dieu, l'ont désigné sous d'autres noms : « Le Destin qui penche la balance en notre faveur » (M. Combes); « La Force secrète qui protège la France » (M. Pichon); « La Justice immanente qui prend en mains nos droits » (MM. Deschanel, Poincaré, Briand, etc.) : tout cela veut dire Dieu ou ne veut rien dire. M. Hanotaux, l'ancien Ministre, de l'Académie française, a parlé franc : « *Comme au temps de Jeanne d'Arc*, a-t-il dit, *Dieu ne veut pas que la France meure.* »

II

APRÈS LA MARNE

Cf. *ROSES FRANCE :*

Page 81. Lettres du Front.
— 102. Mère et Fils.
(*Le Lieutenant Casenave.*)
— 125. La Reprise de Loos.

Mobilisations de l'arrière.

— 83. Lettre du Cœur.
— 117. Petites Mains.
— 120. La Voix du Cuivre (Romance).
— 123. Les Petits Normands (Chansonnette).
— 107 et 155. — Sous le Hall.
(*Nos Infirmières.*)

Sur le Front.

AU MARÉCHAL FOCH

LE BÉARNAIS

Le Béarnais revient des lignes, l'air contrit.
Il se serait pendu de n'avoir pu combattre.
Mais, il n'a point de corps : il est tout en esprit :
Il ne pouvait pas plus se pendre que se battre.

— Ah ! dit-il, redressant le fantôme qu'il prit,
Et que l'on jurerait un autre Henri Quatre,
Que les batailles ont déchu depuis Ivry :
Des pièces, dont on voit seulement le théâtre !

Au lieu de s'aborder comme les vieux troupiers,
Comme l'on s'abordait, dans les ajoncs d'Epieds,
Avec la hallebarde et la pique et la hache,

On se fige dans des bourbiers ou dans des lacs :
On se vise à travers des montagnes de sacs :
Mais, vive Dieu ! L'on aime encore mon panache !

DEMANDE D'ÉLÉMENTS

D'après une lettre de M. Franc-Nohain.

Monsieur,
Depuis deux mois que je vis sous la terre,
Je n'ai guère connu d'autre distraction,
Que d'être visité par un coléoptère,
Qui semble avoir pour moi de la compassion.

Vous direz qu'au-dessus de moi le canon tonne,
La mitrailleuse grêle et les coups de fusil
Pleuvent. — Si vous saviez comme c'est monotone,
Et, les jours de repos, quel ennui vous saisit !

Comme votre bonté, Monsieur, nous est connue,
J'ose vous demander pour mon petit Noël,
(Excusez-moi si ma prière est ingénue),
Un livre de Chimie, un simple Manuel.

Le Manuel de Troost serait bien mon affaire,
N'étant, plus que jamais, qu'un élève moyen.
Mais, un autre motif fait que je le préfère,
C'est que ce Manuel, autrefois, fut le mien.

Je l'avais conservé dans ma bibliothèque ;
Comme les ennemis ont brûlé ma maison,
Monsieur, — ils ont brûlé mon Manuel avecque.
Vous voyez, s'il m'en faut un autre, la raison.

Vous voudrez réparer un peu leur sacrilège,
Monsieur — et grâce à vous, grâce à ces éléments,
Mon esprit suralimenté, comme au collège,
Rira de ses ennuis comme des Allemands.

Recevez le merci du Sergent
Quenelaije.

A MAURICE BARRÈS, de l'Académie française,
Promoteur de la Croix de guerre.

LE BALLON CAPTIF

Des soldats guidaient un ballon captif.
Ils le ramenaient à son point d'attache.
Le ballon était un peu bien rétif :
Les *guide-ropeurs* avaient forte tâche.

Or, à Girecourt, où l'on arriva,
La croix du clocher n'est guère commune :
En plus de son coq, — à ses bras elle a
Au droit un soleil, à l'autre une lune,

Et, comme son pied joue et tourne, — autour
D'une longue tige en fer, qui l'emmanche,
Elle vire à tous les vents, tour à tour,
Du Lundi matin au soir du Dimanche.

Cette croix sourit au ballon captif,
Qui bientôt s'y prend avec son cordage :
Tel un gracieux et rapide esquif,
Lorsque de son hâvre il fait l'abordage.

A cette nouvelle, on rit, on accourt.
Au pied du clocher, on s'immobilise.
Le ballon qui tient si haut et si court
Va-t-il désormais rester sur l'église?

Chacûn d'indiquer son plan aux soldats :
— « Il faudrait, dit l'un, resserrer le câble ».
Un autre reprend : « Jeter tout à bas?
« Votre avis, Monsieur, est impraticable.

« Il faudrait plutôt lui donner du jeu. »
— Ce qu'on fait. Alors, attirant la corde,
Le ballon s'envole à travers le bleu.
Mais, qu'emporte-t-il, ô miséricorde !

Le soleil, la lune et le coq doré,
Pas plus que la Croix, ne lui pèsent guère :
Le ballon captif s'en est décoré :
Il se trouvait mûr pour la Croix de guerre.

1915.

FRÈRE D'ARMES

La vie de l'homme est un combat.
LIVRE DE JOB, VII, 1.

Comme la Vie est un combat,
— Lorsqu'il est venu sur la terre
Par engagement volontaire,
Le Fils de Dieu s'est fait soldat.

Sur la paille à peine séchée
Il grelotte au vent de minuit :
Le voyez-vous dans ce réduit,
Ce mauvais abri de tranchée?

Il est visé, l'Emmanuel,
Encor sous l'aile de Marie,
Par l'ennemi de sa Patrie,
Le roi Hérode, le cruel.

Dès son arrivée au service,
Il prend contact avec le bois,
Comme s'il recherchait la Croix,
Où s'offrira son sacrifice.

Il tend les pieds, Il tend les mains
Aux pointes d'acier meurtrières,
A l'ensanglantement des pierres,
A l'enlisement des chemins.

Et déjà l'Orgueil et l'Envie
Emoussent sur Lui leur effort,
En attendant l'heure où la Mort
Trouvera la mort dans sa Vie.

Et que d'exploits mystérieux
Accomplis par ses traits célestes,
Et par la grâce de ses gestes,
Et par les éclairs de ses yeux !

Que de résistances brisées,
Que de plans perfides déçus,
Que d'esprits touchés et vaincus,
Que d'âmes idéalisées !

Or, Il ne fait rien de son chef :
Chacun de ces actes s'opère
Sur le commandement du Père,
Dont le lieutenant est Joseph.

. . . .

Au flanc ouvert de la colline
Quand nous l'adorons à genoux,
Quel exemplaire il est pour nous
D'endurance et de discipline!

Dussions-nous aller sur ses pas,
Jusqu'au Calvaire expiatoire,
Rappelons-nous que la victoire
Fut la solde de son trépas.

NOEL SUR LE FRONT

A l'Abbé M. Hannoire, aumônier.

Ce fut, à minuit, la trève du plomb.
Noël fut chanté, par une voix sourde,
Que perlait d'accords sur son violon
Le maître artilleur d'une pièce lourde.

Les soldats s'étaient approchés en rond :
Ils en oubliaient le vin de leur gourde,
Ils en oubliaient, sur ce point du front,
Que l'âme d'un boche est souvent balourde,

Et qu'au beau milieu du chant solennel
Pouvait éclater sur eux un shrapnell.
Ils eurent raison dans leur assurance.

Quand, l'instant d'après, le combat reprit :
La Matière dut céder à l'Esprit :
La rude Allemagne à la douce France.

ANTIOCHUS

Ait patria voce : Fili mi.
II MACCH. VII, 27.

Vox patria, vox Patriæ.

L'impie Antiochus a profané l'enceinte,
Qui renferme le Saint des Saints et l'Arche sainte.

L'impie Antiochus prétend remplacer Dieu,
Le vrai Dieu, — par le sien, dieu de fer et de feu.

L'impie Antiochus applique à la torture
Ceux qui ne veulent pas accepter sa « culture ».

Une mère et ses fils, ses sept fils, — des héros,
Bravèrent sa fureur un jour, — et ses bourreaux.

Pendant que sur l'aîné se déployait leur rage,
Ses frères et sa mère exaltaient son courage.

Le second dit au Roi, qui le vitupérait :
— *Tyran, par toi je meurs ; par Dieu je revivrai.*

— *C'est de Dieu que je tiens ce corps*, dit le troisième.
Dieu, pour qui je le perds, me le rendra lui-même.

Sur le point d'expirer, le quatrième dit :
— *Oui, nous revivrons tous : nous, heureux ; toi, maudit.*

Le cinquième lui dit : *Ta puissance est faiblesse.*
Ne crois pas que le Dieu d'Israël nous délaisse.

Le suivant : *C'est pour nos péchés que nous souffrons.*
Attends-toi, pour les tiens, à de pires affronts.

Antiochus alors eut une joie amère :
Il ne survivait plus qu'un fils avec la mère !

— Cela ne sert à rien, dit-il, de me braver.
Conseille ce petit, si tu veux le sauver.

— *Le Très Haut,* dit la mère, *a fait cette merveille*
De créer de mon sang une race pareille !

O le dernier et le plus cher de mes enfants,
Que j'ai porté neuf mois, que j'ai nourri trois ans,

Ecoute dans ma voix, la voix de tes ancêtres.
Regarde, enfant, le ciel, la terre, tous les êtres :

Souviens-toi de Celui qui les tient dans sa main.
Il saura t'arracher à ce maître inhumain.

Digne de ta Patrie et digne de tes frères,
Foule aux pieds, mon enfant, ses ordres téméraires !

— *Que tardez-vous encor ?* dit l'enfant. *J'obéis*
Non au Roi, mais aux volontés de mon Pays.

Artisan de nos maux et de notre ruine,
Tu n'éviteras pas la Justice divine.

Son bras s'appesantit sur nous en ce moment,
Mais, nous savons que c'est pour notre amendement.

A notre Nation, Dieu rendra sa tendresse.
Il ne permettra plus que l'Etranger l'oppresse.

Tandis que de son front disparaîtra le deuil,
Tu seras à ton tour puni de ton orgueil.

Quant à moi, comme mes aînés, je sacrifie
Pour mon Pays, — mon sang, mon esprit et ma vie,

Suppliant Dieu que le plus grand des scélérats
Reconnaisse à la fin *la force de son bras.*

La fureur du tyran redouble et se déchaîne :
Sur le fils et la mère il assouvit sa haine...

— Or, *à la fin*, le peuple Hébreu sortit des fers
Et le tyran mourut, dévoré par les vers.

A NOS AMIS DE LA PREMIÈRE HEURE

LA VIEILLE BELGE

Aux environs d'Ypres.
LES JOURNAUX.

Un obus allemand a fauché la mansarde...
Les enfants sont partis et les petits enfants.
La grand'mère a voulu rester là de grand'garde :
Que pourrait-elle craindre? Elle a quatre-vingts ans.

Les murs tiennent encor. La Vieille les regarde.
Un obus allemand les jette en poudre aux vents :
Elle ne pleure pas. Elle gagne, hagarde,
La cave, — ce dernier refuge des vivants.

Nos soldats, qui la voient du fond de leur tranchée,
Ne peuvent s'empêcher d'avoir l'âme touchée :
— Venez, lui disent-ils. — Elle s'en aperçoit.

— Ah ! mes pauvres petits, où voulez-vous que j'aille,
Répond-elle, essayant de redresser sa taille.
Où voulez-vous que j'aille? On n'est bien que chez soi.

A NOS AMIS ANGLAIS

LE DON DU CŒUR

Un chef anglais se meurt au bord d'une tranchée.
De l'oreiller marneux formé par le talus,
Il ne voit pas les morts, dont la plaine est jonchée.
Tous ses efforts pour se mouvoir sont superflus.

C'est là qu'il fut jeté par l'âpre chevauchée,
(Mer humaine), après bien des flux et des reflux.
Son âme, avec ses yeux, est au ciel attachée :
A quoi bon s'occuper des biens qui ne sont plus?

Un officier français, survenant, l'interpelle :
— Que ta blessure est large et doit être cruelle,
Camarade ! Quel sort ton courage a bravé !

Le chef anglais répond : Ne plains pas ma souffrance,
Ils ont cherché mon cœur : ils ne l'ont pas trouvé,
Car, je l'avais donné tout entier à la France !

Décembre 1914.

A CEUX DES RUSSES, QUI NOUS SONT FIDÈLES

BOUKÉPHAL

C'était un vigoureux cheval
Et, sans rival,
(Au dire de tous les Cosaques,)
Pour les attaques.
Aussi, fut-on des plus surpris
Quand il fut pris.
Il en fut stupéfait lui-même.

Honte suprême!
N'en vint-on pas à l'obliger
De se charger
D'un Commandant d'armes difforme
Autant qu'énorme,
Qui l'écrasait, qui le blessait,
Qui le laissait
Des jours entiers sans nourriture !

— « Si cela dure,
« Dit Bouképhal, nom d'un canon,
« J'y perds mon nom.
« Adieu la course échevelée
« Dans la mêlée,
« Lorsque gicle le sang des morts
« A votre mors

« Et que se rue à votre croupe
« L'ardente troupe
« Et que vous l'écrasez du pied
« Comme un guêpier !
« Adieu le retour plein de gloire
« A la mangeoire,
« Au milieu des cris triomphants
« De tant d'enfants
« Qui regardent de leurs yeux d'ange
« Comment je mange !...
« Ils voulaient tous que Bouképhal
« Fût leur cheval !
« Hélas, après tant de caresses
« Enchanteresses,
« Pouvais-je penser, à la fin,
« Mourir de faim ?
« Mais, taisons-nous. Voici que monte
« Mon Mastodonte. »

Il galopait, l'instant d'après,
Par les guérets.
Il traversait des fondrières
Et des rivières :
Il aurait pu jeter à l'eau
Son lourd fardeau...
Mais, il a son plan dans la tête,
La brave bête !
Il comprend parfaitement bien
Que l'Autrichien
Fait fausse route et qu'il s'écarte,
Malgré sa carte,
De la trace de ses soldats :
Or, ce n'est pas

Parce qu'il souffle et qu'il maronne
Et l'éperonne
Qu'il sortira de cet ennui
Avant la nuit.
Pauvre! Pauvre commandant d'armes!
Dans ses alarmes,
Il n'a plus qu'à se confier
A son coursier.

Bouképhal n'a pas une crainte,
Pas une feinte :
Il a chassé les sangliers
Dans ces halliers :
Il en connaît toutes les sentes
Et les descentes.
Il y trotte comme chez lui...
Or, rien ne luit
Maintenant que les étincelles
De ses prunelles.
Il court, il court. Les écureuils
Et les chevreuils
Se sauvent de toutes leurs pattes
Vers les Carpathes,
Les oiseaux de nuit, ahuris,
Poussent des cris.
Bouképhal, de plus en plus vite,
Se précipite.
Le Commandant d'armes l'étreint,
Lui mord le crin.
C'est alors une course folle :
Bouképhal vole...

Il voit une lueur enfin
Dans un ravin.

Il a reconnu les casaques
De ses Cosaques.
D'un bond, il est au milieu d'eux :
Quel bond joyeux !
Et quel hennissement farouche
Sort de sa bouche !

Déposant alors galamment
Son chargement,
Tandis qu'on chante sa victoire,
Il s'en va boire.

A l'Arrière.

AU CAPITAINE DE VIGAN, DU 17e

DIEU AVEC NOUS

Emmanuel, c'est-à-dire Dieu avec nous.
Evang. S. Mathieu, I, 23.

Ils crient leur *Gott mit uns* à tous les vents du ciel.
Dieu serait avec eux? — Leur espoir s'y repose.
Or, le cri préféré de nos aïeux : Noël,
Ne dit-il pas exactement la même chose? *

Mais, leur mot *Gott* rappelle Odin, le Dieu cruel ;
Leur phrase *Gott mit uns* est rugueuse et morose
Tandis que notre cri *Noël*, doux comme miel,
A des clartés d'aurore et des parfums de rose.

Non ! non ! nous n'avons pas chassé Dieu de partout :
Au cœur de nos vieux mots, Il demeure debout...
Les Français s'égaraient : Le *Français* restait sage.

Reprenons donc, Amis, ce cri victorieux.
Chantons *Noël* à Dieu, suivant l'antique usage
Car, Il est avec nous : Il n'est pas avec eux !

Neuve-Lyre, 25 décembre 1914.

* « Emmanuel » veut dire : « Dieu avec nous ». — D'après une opinion, *Noël* serait l'abrégé d'Emmanuel.

A NÉTREVILLE

A mon frère Robert.

A Nétreville sur Evreux,
Au beau pays de Nétreville,
Les Réservistes sont heureux,
Que si doucement le temps file...

Postés au-dessus des tunnels
Dont ils gardent les « cheminées »,
Ils sont témoins des éternels
Soupirs — des collines minées.

Aux heures de garde, la nuit,
Ils se montrent gens de ressource :
Pour échapper à leur ennui,
Ils observent la Petite-Ourse.

Le jour, quand ils ont du loisir,
Sans rien perdre de leur réserve,
Ils se livrent avec plaisir
A quelque ouvrage qui leur serve.

L'un ferre ses souliers de clous :
Un autre lave sa capote :
Un autre, avec un soin jaloux,
Veille au ronron de la popote.

De son couteau, qui n'est plus neuf,
Un autre, franchement habile,
Cisèle dans un os de bœuf,
Un *Souvenir de Nétreville*.

.˙.

Avant tout, comme de raison,
Ils ont voulu que leur guérite,
Ou, pour mieux dire, leur maison
Se ressentît de leur mérite.

Elle domine le ravin.
Elle surplombe la tranchée,
D'où les trains la sifflent en vain,
Emportés dans leur chevauchée.

Elle est construite, comme un nid,
De terre battue et de mousse.
De sa pointe, vers l'infini,
Quelle est donc cette aile qui pousse?

C'est l'âme de ceux qui sont là,
Qui s'épanouit dès l'aurore
Et voudrait voler au-delà,
Aux plis du drapeau tricolore.

Ceux qui sont là n'ont pas l'orgueil,
Sachant que leur rôle est modeste,
De demander pour leur cercueil
Un peu de laurier, — s'il en reste.

Ils se trouvent assez payés
Par la certitude tranquille
Que sont strictement surveillés
Les deux tunnels de Nétreville.

.˙.

Les R. A. T. sont peu pressés.
Ils s'aperçoivent sans alarmes,
Parfois, que leurs chefs sont passés
Quand ils leur présentent les armes...

Ils ouvrent leur porte au soleil :
Et, lorsque le soleil se voile,
Leur teint n'en est pas moins vermeil :
Leur poële leur tient lieu d'étoile.

Que leur abri leur semble bon
Quand, de l'une à l'autre fenêtre,
— L'espace se franchit d'un bond, —
Ils voient le gros temps apparaître ;

Quand, dans ce fauteuil encastré
Au mur de leur maison en bauge,
Ils boivent un cidre doré,
Qui vaut celui du Pays d'Auge ;

Quand ces « terribles toriaux »,
Qui vous ont des airs de famille
Avec nos plus nobles héros,
Enlèvent, comme eux, la manille,

Et trouvent seulement amer,
Bien qu'il soit une carte utile,
Que le manillon soit trop cher
Sur la côte de Nétreville.

Juillet 1915.

* Les R. A. T. n'ont pas eu toujours cette vie agréable. Ceux de Nétreville, comme les autres, ont été appelés au front où ils ne l'ont cédé à personne en vaillance. — Nous ne donnons cette bluette que comme paysage d'arrière.

LE LOUIS D'OR

Air de l'*Enfant de chœur*.
de Clapisson.

1. Mon Parrain m'a nommé Louis,
Mais le nom n'est pas la fortune :
Maintenant, grand comme je suis,
J'aimerais bien en avoir une.
Je ne la porterais pas loin,
Puisque la France en a besoin.

Si j'étais un vrai louis d'or,
J'irais, ô France, à ton trésor. } *bis.*

2. Si j'étais un vrai louis d'or,
On m'enverrait en Angleterre
Et peut-être plus loin encor...
Je ferais le tour de la terre.
Pour nos soldats, dans leurs cagnas,
J'achèterais des Ananas,

Du coco, — mais du bon, alors,
Et des peaux d'ours et de castors. } *bis.*

3. Mais, d'autres fois, les louis d'or
(Comme il ne faut pas qu'on en manque,)
Sont serrés dans un coffre-fort,
Au fond des caves de la Banque.
Pauvres louis, ce n'est pas gai
De se voir ainsi rembusqué!

Il faudrait un cœur sans remord
Pour supporter un pareil sort. } *bis.*

4. J'ai, m'a-t-on dit, une voix d'or :
C'est bien léger comme monnaie!
Et je chante aussi trop peu fort
Pour que le Boche s'en effraie.
Mais s'il s'avise d'approcher,
Je vous promets de l'amocher :

Gare au coq, dont la griffe sort * } *bis.*
Et dont le bec vous mord à mort. }

* Allusion au dessin célèbre d'A. Faivre.

PRINTEMPS LYRIEN

L'Hiver a sévi de plus belle
Après le soleil des Rameaux;
Mais, c'est en vain qu'il se rebelle
Et Pâques met fin à nos maux :

Entendez-vous la Tourterelle?

Le long du chemin, les gazons
Se constellent de pâquerettes :
Le pied humide des buissons
Thésaurise les éclairettes :

Écoutez le chant des Pinsons.

Et les milliers d'étoiles blanches
Semblent s'élancer vers l'azùr
Et les boutons d'or aux pervenches
Offrent leur calice très pur :

Le Bouvreuil gazouille sous branches.

Les aulnes, les saules, l'osier
Jalonnent les berges fleuries,
Entre la Risle au flot d'acier
Et l'émeraude des prairies.

Le Merle siffle à plein gosier.

Là-bas, c'est le Tertre et les Haulmes
Dans leurs ceintures de pommiers,
Sous leurs poiriers en fleurs, aux dômes
Plus vastes que ceux des palmiers :

Les Coqs claironnent sur leurs chaumes.

Plus près, sur la route de Glos,
Voyez ces vertes oriflammes,
Ces bois frissonnants de bouleaux,
Que les landes frangent de flammes :

Le Coucou reprend ses solos.

Le blé vert et l'avoine rose
Couvrent en hâte les sillons,
Où le nid des Perdrix repose,
Où dorment encor les Grillons,

Où la Corneille pioche et cause,

D'où s'élancent vers le ciel bleu,
En ascensions festonnantes
Et leurs voix montant peu à peu,
Les Alouettes clairsonnantes,

Qui s'en vont là-haut chanter Dieu.

Pourquoi faut-il reprendre terre?
Tout y revit et l'Homme y meurt!
Son nid à lui, c'est le cratère;
Son chant à lui, c'est la clameur,

La clameur qui ne peut se taire.

Car, l'horizon s'est obscurci,
L'atmosphère s'est faite lourde,
L'Ame s'est alourdie aussi,
La résonnance brève et sourde

Du canon — s'étend jusqu'ici.

Et dans l'ardeur, qui les enivre,
De sentir ces coups nuit et jour,
Les vallons se sont mis à vivre
La grande bataille, à leur tour.

Entendez-vous la voix du cuivre?

Lyre, 26 avril 1916.

LE SEL DE LA TERRE

A l'Abbé G. Boulanger. En admiration de ses « Grands blessés ».

Donc, le Seigneur Jésus a dit :
« — Vous êtes le sel de la terre.
« Lorsque le sel est affadi,
« N'ayant plus rien de salutaire,
« Il est jeté sur le chemin,
« Où le premier passant l'écrase... »
Je vous convie à l'examen
Approfondi — de cette phrase :
Vous verrez que l'écrasement
Est pour ceux qui craignent la lutte :
Car, on est affadi vraiment
Lorsque la peine vous rebute.
Mais ils ne sont jamais broyés
Ceux qui luttent pour la Justice.
Un tyran peut bien, à ses pieds,
Obtenir que leur corps pâtisse :
Il n'est pas moins au-dessous d'eux,
Tant s'en faut qu'il les extermine.
De toute la hauteur des cieux
Leur cœur sublime le domine.

SAINT AUGUSTIN (*Homélie sur l'Évangile.*
Saint Math., C. IV.)

AUX MUTILÉS DE LA GUERRE

LA BRANCHE ROMPUE

Putasne reviviscat?
EZECHIEL.

On n'a jamais fini de faire son devoir.
Eugène CAROT.

L'Ouragan a rompu cette Branche fertile.
Comme s'il fût pressé d'en faire du bois mort
Il l'a précipitée à terre, sans remord.
Je croyais qu'elle était devenue inutile.

Mais déjà, comme un flot berceur autour d'une île,
L'herbe de mon verger, aux miroitements d'or,
Respectueusement l'enveloppe et l'endort...
La terre est bonne à ceux que l'orage mutile.

La Branche, qui semblait vouée à la langueur,
Se sent assez de force, ayant assez de cœur,
Pour accomplir encor sa mission de vie.

Elle bourgeonne. Elle fleurit. Elle a l'espoir
D'atteindre la saison, où la fleur fructifie...
Ou du moins de mourir en faisant son devoir.

Neuve-Lyre, 25 septembre 1917.

A LA CLASSE 19

LA FEUILLE DU CHÊNE

Sur une pensée de Pierre l'Ermite.

Tout l'arbre s'intéresse au bourgeon minuscule,
Dont la pointe piquait, hier, comme un ajonc,
Et dont la feuille sort, ce soir, au crépuscule,
Comme un jeune écuyer, vêtu du haubergeon.

La racine la plus lointaine, qui circule,
Pense à ravitailler cette feuille en bourgeon.
Le tronc, pour la défendre, a des forces d'hercule,
Ses bras, pour la bercer, des souplesses de jonc.

Et vite, elle grandit. — A la saison prochaine,
Elle sera la joie et la gloire du chêne;
Elle le nourrira de lumière et d'air frais.

Frappée à mort, mais jusqu'au bout reconnaissante,
Elle ne quittera le géant des forêts,
Que lorsqu'elle verra surgir sa remplaçante.

5 avril 1918.

L'ABBÉ TANT MIEUX

Sur la devise de l'Abbé Naude,
de Bayonne, mort à la guerre.

Si je suis prisonnier, je reviendrai peut-être :
Tant mieux !
Mais, là-bas, comme ici, Dieu seul sera mon Maître :
On est chez Lui sous tous les cieux :
Tant mieux !

Si je souffre, j'aurai l'honneur de la victoire :
Tant mieux !
Si je meurs, je ferai *mon temps* en Purgatoire ;
Mais j'en sortirai glorieux :
Tant mieux !

Si je reviens, la Paix fleurira sur la terre :
Tant mieux !
Si je meurs, une paix, — la Paix que rien n'altère,
Aura mis le comble à mes vœux :
Tant mieux !

Si je reviens, j'aurai des galons sur la manche :
Tant mieux !
Si je tombe, — là-haut, j'aurai pour ma revanche
Un *avancement* sérieux :
Tant mieux !

Si je reviens, j'irai reprendre mon office :
Tant mieux !
Si je meurs, ce sera mon dernier sacrifice
Et j'irai revoir nos aïeux :
Tant mieux !

Si je reviens, j'aurai près de moi ceux que j'aime :
Tant mieux !
Si je meurs, je serai, par l'amour de Dieu même,
Plus que jamais à côté d'eux.
Tant mieux !

Et voilà, mes amis, pourquoi j'aime à redire :
Tant mieux !
Que Dieu garde ma vie ou qu'il me la retire,
Je resterai toujours joyeux.
Tant mieux !

7 janvier 1915.

AU GÉNÉRAL DE CASTELNAU

LES HORACE

Le sergent avait dit : — Nous jouons la déveine :
Nul moyen d'avancer, nul moyen de sortir
Et des munitions pour un quart d'heure à peine.
Après quoi, l'ennemi pourra nous investir.

Un homme pour courir l'apprendre au capitaine!
— J'y vais, dit votre fils. — Nous le vîmes partir,
S'élancer, à travers les balles, dans la plaine.
Et bientôt un renfort assurait notre tir.

Mais à peine avait-il accompli son message
Que votre fils, blessé plusieurs fois au passage,
Expirait, l'air joyeux, le regard ébloui.

— C'est qu'une telle mort avait pour lui des charmes,
Répondit le vieux père en refoulant ses larmes,
Si j'avais été là, j'aurais fait comme lui.

SCRUPULE

A l'Abbé A. Dessuslamarre, brancardier.

C'était un Réserviste aux moustaches guerrières
Et c'était un chrétien qui savait ses prières.

Mais, s'il n'avait pas froid aux yeux ni dans les os,
Un scrupule mordait le cœur de ce héros :

Oh ! le plus délicat, le plus noble scrupule !
Ses prières manquaient encor d'une formule !

— Voyons, Monsieur l'Abbé, si je succombe au feu,
Comment devrai-je offrir mon sacrifice à Dieu ?

— Tu pourras dire à Dieu : *Mon Dieu, prenez ma vie.*
Pour la France et les miens, je vous la sacrifie,

Ou, comme sur la Croix, le Sauveur des humains :
Mon Père, je remets mon âme entre vos mains.

Ou, plus brièvement : *O mon Dieu, pour la France !*
... Et le front du soldat s'éclaira d'espérance.

— Mais, si je suis surpris par l'obus scélérat ?
— Tu le dis maintenant : Dieu se rappellera.

. . . .

A NOS AVIATEURS

LE COQ ET LE VAUTOUR

D'après M. R. Maury.

Deux oiseaux bataillaient aux voûtes éternelles,
Un Chantecler français, un Vautour allemand,
Et la foudre sortait de leurs fauves prunelles
Quand le français, touché, s'éclaira vivement.

Horreur ! Il flamboyait au-dessus de l'abîme...
Comme un dernier hommage il offrait un ciel bleu
Des lambeaux lumineux de son âme sublime
Avant de succomber aux morsures du feu.

Mais il s'inquiétait surtout de sa vengeance :
Ah ! s'il pouvait lui-même atteindre le Vautour,
Qui ne l'avait vaincu que par un coup de chance,
Comme il se ferait fort de le vaincre à son tour !

Alors, l'Oiseau de France, en un sursaut de vie,
Et malgré la douleur dont il est torturé,
S'élance en secouant ses ailes d'incendie
Et déjà les applique au Vautour abhorré.

Le Vautour connaîtra les effrois de la chute.
L'attouchement du feu l'a rendu furibond
Mais il tombe et le roc, où s'achève la lutte,
Voit le Vautour mourir sous le Coq moribond.

AUX BRETONS MORTS POUR LA FRANCE
(250.000)

LA TRANCHÉE DES BAIONNETTES

VICTOR QUIA VICTIMA.
Victorieux parce que victimes.
Devise du XVe siècle.

La Guerre a dépassé les bornes de l'horrible :
Le sol s'abaisse et se relève tour à tour
Comme bouleversé sur un immense crible,
Comme tourné par un formidable labour.

Les obus, les boulets, les éclats de mitrailles
Sont les brabants, les herses-bataille, les socs,
Qui fouillent le plateau jusque dans ses entrailles
Et font voler au ciel les débris de ses rocs,

Tandis que les canons, derrière les collines,
Rugissent, comme des léopards enchaînés
Et que partout, à tout moment, sautent des mines,
Mêlant leur fumée âcre aux gaz empoisonnés.

La Vie existe-t-elle encore dans ces ombres,
Autour de ces volcans aux sinistres éclairs ?
On n'entrevoit que des cadavres, des décombres,
Comme on ne sent que des puanteurs dans les airs :

Mais on entend, parmi les clameurs de l'espace,
Dans le miaulement des obus effarants,
Dans le vrombissement de l'avion qui passe,
Tout le clavier de cris de douleur des mourants.

Bretons et Vendéens du Cent trente septième
Ont subi les horreurs de ce Gethsémani.
Combien d'entre eux en sont partis pour l'Infini!
Ceux qui restent sont prêts à s'en aller de même.

Ils sont cinquante-sept, — les meilleurs de tes fils,
O Bretagne! — Leurs mains et leurs âmes sont nettes.
Leurs bras semblent d'acier comme leurs baïonnettes.
Ils ont pour chefs Blandin, Grenier et de Kenlis.

Bien que postés, de loin en loin, par trois ou quatre,
Aussi pressés au sol que le Christ à la Croix,
Tellement leur tranchée a serré ses parois,
— Ils sont tous un seul cœur, que le Devoir fait battre.

Ils ont d'ailleurs l'expérience des chaos,
Ces « loups de mer », qui n'ont jamais baissé la tête,
Sous les coups les plus violents de la tempête,
Lorsque, dès leur enfance, ils voguaient sur les flots :

Ils n'ont fait, croirait-on, que changer de navire :
Ces chênes ébranchés, ici près, sont leurs mâts :
La tranchée est leur cale où défilent les rats,
Comme s'ils s'enfuyaient d'un vaisseau qui chavire.

Et la Terre elle-même en ses sursauts géants,
Que soulèvent, en se contre-barrant, les bombes,
— En ses gouffres mouvants, d'où s'échappent des trombes,
N'égale-t-elle pas les pires Océans?

Ils gardent leur sang-froid en ces heures si graves.
Leur lieutenant Grenier **, les ayant tous absous,
Leur unique désir est de mourir pour nous,
Aussi gaillardement que le peuvent des braves.

— Nous tenons, dit l'un d'eux, profitant d'un répit.
Et, levant son bidon : — Yvonnick ! A la tienne !
— Oui, répond l'autre. Oh ! oui ! Nous *tenons !* Tu l'as dit !
Dans un étau pareil, il faut bien que l'on tienne.

— Haut les cœurs, intervient le lieutenant Grenier,
Nous avons accepté le rôle de victimes.
Nous avons tout souffert, du premier au dernier !
Le ciel s'ouvre pour nous, au bord de ces abîmes.

— Si du moins l'on pouvait retrouver son clocher
Dans le ciel !... Pauvres vieux !... Ma pauvre Paimpolaise...
— Songeons à tant d'amis qui viennent nous chercher,
Yvonnick : tendons-leur les mains « à la française ».

Cependant, les obus reprennent leur travail.
Nos preux se sont remis la bouffarde à la bouche :
A quoi bon maintenant leur masque-épouvantail?
Ils attendent, sans sourciller, la mort farouche.

Les barrages se sont encore resserrés :
La tranchée est entre deux lignes de cratères.
Ses talus sont de plus en plus désemparés.
Elle-même s'emplit de galets et de terres.....

Yvonnick est atteint mortellement au front.
Il n'a poussé qu'un cri. — Dans la tranchée étroite,
Mort, il reste debout, comme tous resteront,
Le front haut, le corps droit, la baïonnette droite.

Et son ami, le lieutenant, presque étouflé,
Récite le *Pater* pour lui, comme à l'église.
Leur autre compagnon n'achève pas l'*Ave :*
La terre en explosant, tous les trois les enlise.

Or, il en fut ainsi, — le soir du douze juin,
De Blandin, de Kenlis, des cinquante deux autres :
Ils furent enterrés, — on eût dit, avec soin,
Debout, — par les obus allemands et les nôtres.

Et leurs âmes déjà célébraient le Seigneur.
Elles venaient d'entrer au ciel, — Flotte bénie,
Elles avaient suivi le Fleuve de l'Honneur
Jusqu'au plein Océan de la Joie Infinie.

Jésus a proclamé dans l'un de ses discours,
Que le ciel est à ceux qui souffrent violence.
Leur âme à tous les chocs a résisté toujours :
Loin de tomber, elle s'élève, elle s'élance.

Le corps de nos Bretons n'est pas tombé non plus :
Tandis que pour montrer où leur âme réside,
De dessus la tranchée, au niveau du talus,
Leur baïonnette sort, comme le doigt d'un guide,

On sent que ce sont eux qui la tiennent plus bas,
Qui la dressent, comme une infrangible barrière,
Cependant que leur mot : « Ils ne passeront pas »,
Continue en écho leur dernière prière...

C'est qu'ils avaient appris l'Evangile, ceux-là :
Ils croyaient plus à la force du sacrifice
Qu'à celle du canon, quel que fût son éclat,
Et se sachant martyrs, ils en firent l'office.

L'ennemi s'était dit qu'au seuil de Douaumont
Il anéantirait les espoirs de la France :
Dans ce cercle d'enfer dont il fut le démon,
C'était à nous d'anéantir son assurance.

Mais, il était besoin de guerriers surhumains
Pour endiguer le flot grossissant des Tudesques,
Qui fondait sur Verdun et par tous les chemins,
Noir de canons, du plus mince aux plus gigantesques.

Ces guerriers surhumains, ce furent les héros,
Dont la valeur surpasse encor la renommée :
Mais, plus que nos soldats et que nos généraux,
Ce furent tes martyrs, ô notre Grande Armée!

* Cette devise *Victor quia Victima* figure au pied du Calvaire de Boisnormand près Lyre, et sur le Mémorial de Sainte-Croix de Bernay.

** Le lieutenant Grenier qui est mort avec ses hommes dans la Tranchée des Baïonnettes, était vicaire de N.-D. de la Couture, à Bernay.

VENDREDI-SAINT

Vendredi à 3 h. 1/2, à l'heure de la mort de Jésus-Christ, une bombe lancée par les Allemands fait 60 victimes dans l'église Saint-Gervais à Paris (29 mars 1918).

Devant l'Autel, qui fut épargné par la bombe,
La mère est à genoux son enfant dans les bras.
Elle l'a retiré de dessous les platras,
Du milieu des débris sanglants de l'hécatombe.

Il va mourir. Ses yeux se voilent. Son front tombe,
Mais, il sourit encore à sa mère. — Et tout bas :
— « C'est le Vendredi-Saint, maman : Ne pleure pas !
N'est-ce pas aujourd'hui que le Bon Dieu succombe? »

— « Oui, mon enfant, répond la mère avec ferveur.
Donne-toi tout entier à ce divin Sauveur,
A l'heure où son amour pour nous le sacrifie. »

Et lui de murmurer dans un suprême effort :
— « Pour la France, ô mon Dieu, prenez... prenez... ma vie. »
Puis, doucement, aux bras de sa mère, il s'endort.

A M. LE CHANOINE D'HOSTEL,
Doyen de Gisors.

LE DOUAIRE DE MARIE *

Bombardements par avions en 1918. Gare de Mantes. Plusieurs morts. — Vernon et environs, 12 bombes, nuit du 14 au 15 août. Dégâts matériels. — Environs des Andelys. — Sérifontaine. — Amécourt, bombes destinées, pense-t-on, à Gisors. Mars 1918. Dégâts matériels.

LES JOURNAUX.

L'Orage s'avançait furieux, inflexible.
Compiègne agonisait là-bas, dans les éclairs.
Le tonnerre éclatait, épouvantant les airs,
Prenant nos villes, — l'une après l'autre, — pour cible.

Le Château de Gisors, si longtemps impassible,
Eut un frisson sous sa cotte de lierres verts :
Quel est le Chevalier, même chargé de fers,
Que le bruit des combats laisserait insensible ?

Mais la Foudre, que tout attirait sur Gisors,
Convois, munitions, soldats, états-majors,
Ne sut pas le frapper ou ne put s'y résoudre ;

Ses coups portaient trop loin ou tombaient en deçà :
C'est que ta Douairière, ô Gisors, était là,
Celle qui dit *Mon Fils* au Maître de la Foudre.

* Nom traditionnel de Gisors, resté cher à ses habitants.

LE *MAGNIFICAT* DE LA FRANCE

Les Français ont senti mon âme dans leur âme :
Je chante avec eux le Seigneur.
Dieu me sauve en ce jour : Il m'inspire, Il m'enflamme
Et je tressaille de bonheur.

Le Seigneur a daigné sur son humble servante
Jeter un regard de bonté
Et voici désormais que le monde me vante
De ma pleine félicité...

Il s'est servi de moi pour son Œuvre admirable
Le Puissant, dont le nom est saint.
Et sa miséricorde est toujours secourable
A la faiblesse qui le craint.

Son bras, soudainement, a brisé les couronnes,
Où tant d'orgueils étaient sertis :
Il a dépossédé les princes de leurs trônes,
Il a relevé les Petits.

Heureux les affamés de Droit et de Sagesse :
Il les a pourvus de tout bien.
Malheur à ceux qui se fiaient à leur richesse :
Il a mis leurs trésors à rien.

Il n'a pas oublié son Pacte d'Alliance
Avec la France de Clovis :
Il a guidé mes pas, secondé ma vaillance :
Les Français demeurent ses fils.

Il n'a jamais cessé de se montrer fidèle
A ses promesses de secours :
— Mes serments d'autrefois, je les lui renouvelle :
Je serai sa France toujours.

— Gloire soit à jamais au Père qui nous aime !
Gloire à son Fils, qui nous chérit !
Gloire à leur Esprit saint, à leur Amour suprême,
Par qui rien de bon ne périt.

Que la terre et les cieux saluent de leurs cantiques
La Très Auguste Trinité :
Que par ceux du présent, ceux des siècles antiques
Joignent ceux de l'Eternité.

11 novembre 1918.

**En la fête de saint Martin, le saint soldat,
protecteur de la France,
patron de la Victoire française.**

III

LES SAUVEURS DE LA FRANCE

6

EN L'HONNEUR DU SOLDAT INCONNU

A L'ARC DE TRIOMPHE

Si noble que tu sois, — au regard de l'Histoire,
Arc de Triomphe, — et bien que tes arceaux béants
Aient reçu d'abord des Géants,
Auréolés par la Victoire,

Et bien que soient inscrits, sur tes larges parois,
Tant de combats gagnés depuis plus de vingt lustres
Et tant de généraux illustres,
Devant qui tombèrent les rois,

Et bien que les reliefs qui courent sur ta frise
Et que ta *Marseillaise* aux appels triomphants
Te donnent des airs émouvants,
Quand le soleil couchant t'irise,

Tu n'étais jusqu'ici qu'un monument massif,
Qu'un ouvrage de pierre inerte, froide et morte :
Nul ne s'arrêtait sous ta porte
Et comme on voit, sur un récif,

Les flots venus de loin, comme une grande armée,
Tournoyer à la hâte et fuir en bondissant,
La Gloire, à ton front, en passant
Ne laissait que de la fumée.

Mais, voici que s'avance un cortège nouveau :
C'est le corps d'un martyr de la haine allemande
Et la France entière demande
Que tu deviennes son tombeau.

Des côteaux de la Meuse, où nait pour nous l'Aurore,
Il vient..., lui que broya peut-être un canon lourd :
Il en domine un à son tour
Et son cercueil est tricolore.

S'il a perdu son nom dans l'atroce combat,
La mitraille l'ayant rendu méconnaissable,
Il en porte un, impérissable
Celui-là, — le nom de SOLDAT.

De quel sang était-il, ce héros anonyme?
Bourgeois ou plébéien, ou plutôt paysan?
Glorieux ou non, — à présent
Il incarne en lui le sublime.

Peut-on lui faire honneur du triomphe français?
Certes! Serait-il mort dans le plus humble office,
La vertu de son sacrifice
S'est transfigurée en succès.

Nul ne sait s'il aimait discourir ou se taire,
S'il était expansif, téméraire ou prudent.
On devine bien cependant
Qu'il était un fier militaire.

Qu'il fût enfant de Brest, de Paris, de Lyon,
De l'Artois brun ou de la blonde Normandie,
Il était de race hardie,
De celle des Cœurs de Lion.

Deviens donc le tombeau que la France réclame ;
Ouvre-toi ! Hausse-toi pour ce mort immortel.
Arc de Triomphe, pur autel !
Ce corps va te donner une âme.

Sois son dernier refuge et son asile sûr.
A travers tes arceaux, sculptés de chevauchées,
Comme autrefois, dans les tranchées,
Qu'il aperçoive un coin d'azur.

Lorsque fondront sur toi les fureurs de l'orage,
Comme naguère les balles sur nos drapeaux,
Qu'il se rappelle, en son repos,
Que rien n'ébranla son courage.

Quand les jeunes soldats, l'enthousiasme au cœur,
Viendront lui demander comment on sert la France,
Qu'il tressaille encor d'espérance
Et leur inspire sa vigueur !

Quand Paris, — exemplaire en son patriotisme, —
L'entourera d'amour, de chants et de clarté,
Qu'il se rappelle avec fierté
L'avoir sauvé du cataclysme !

Quand s'agenouilleront, auprès de son cercueil,
Une épouse, une mère, — et les siennes peut-être, —
Puissent-elles le reconnaître
Et partager son saint orgueil !

Et quand résonnera la Trompette finale,
Que les Morts, délaissant leurs étroits monuments,
Traverseront les firmaments
Dans une suprême rafale,

Quand il se mêlera lui-même, ce jour-là,
A tant d'amis, à tant de compagnons de guerre,
    Que son nom, inconnu naguère,
    Rayonnera d'un vif éclat :

Car, ce jour-là, seront déchirés tous les voiles,
— Alors, plus que jamais, sois grand, sois spacieux,
    Sois pour lui le Portail des cieux,
    L'Arc de Triomphe des Étoiles !

AUX SOLDATS DE LYRE
Morts pour la France.

A NOS MORTS

I. — LEUR GLOIRE

Sonnez pour eux, cloches de Lyre!
Battez, tambours! Vibrez, clairons!
Voici la *Croix* de leur martyre!
Voici la *Palme* de leurs fronts!

Voici le *granit* pour écrire
Que toujours nous nous souviendrons
De ceux, — dont le moins qu'on peut dire,
C'est qu'ils furent de vrais Lyrons.

Lorsque nous verrons, l'œil humide,
Au bas de cette Pyramide
Leurs noms briller en lettres d'or,

Nous songerons que la Victoire
Les a portés, dans son essor,
Au plus haut sommet de la gloire!

II. — LEUR SACRIFICE

Est-ce à Verdun, — est-ce en Alsace
Que se déploya leur vigueur ?
Plusieurs n'ont pas laissé de trace
Autre part que dans notre cœur...

La faim, la soif, le froid, la glace,
Le charnier avec sa rancœur,
La boue avec sa carapace,
Rien n'arrêtait leur pas vainqueur.

Ils ont donné leur vie, en braves,
Pour nous éviter les entraves
Que nous préparaient leurs bourreaux.

Honneur aux Sauveurs de la France :
Les *obus*, en broyant leurs os,
N'ont pas broyé leur espérance.

III. — LEUR UNION

Au mois d'avril dix-neuf cent seize,
Lorsque les Marais de l'Artois
Etaient transformés en fournaise,
Où tous, — ouvriers et bourgeois, —

Chantaient la même « Marseillaise »,
Obéissaient aux mêmes lois,
Retrempaient l'amitié française
En versant leur sang à la fois,

N'est-ce pas leur appel suprême
Que nous apportait, ici même,
L'écho lointain de leurs canons ?

— Notre Foi leur est engagée :
Rien ne brisera les chaînons
De l'Union qu'ils ont forgée.

Au pied du Monument de la Vieille-Lyre, à son Inauguration par M. Fontaine, originaire de la Vieille-Lyre, représentant M. le Préfet de l'Eure. 17 Avril 1921.

EN L'HONNEUR DES SOIXANTE ET UN MORTS
du Collège diocésain d'Ecouis, dont 33 cultivateurs

LE TRIOMPHE DES BLÉS

Magna parens frugum, magna virum.
VIRGILE.

Les gerbes donnent à ceux qui les font croître le courage de les défendre.
XÉNOPHON (*Hist. des Grecs*).

Certes, tous les Français ont fait leur devoir : mais nul n'a montré plus que le paysan de France de simplicité et d'inconsciente ténacité dans l'héroïsme. Comme on sentait bien que c'était sa terre qu'il défendait et que rien ne prévaudrait!
Général FAYOLLE.

C'est le Triomphe de tes Fils,
O Terre du Vexin, terre de la Victoire!
Tu portas des lauriers à Bremulle, jadis [1],
— Des palmes en Soixante-dix [2]...
— Ta moisson d'aujourd'hui met le comble à ta gloire!

Je les ai connus tout enfants,
Ces Blés, dont le sourire était ton espérance :
Ils n'étaient que du grain et déjà si « mouvants »!
Ils semblaient demander aux vents
De les rendre à la Terre, — au Vexin, — à la France

Ils étaient de ces grains de choix,
Qu'il faut environner d'un véritable culte,
Afin que, pénétrés des vertus d'autrefois,
Ils grandissent, fermes et droits,
Quelle que soit la tempête qui les insulte.

Et bientôt, parmi les rayons,
Que le soleil mêlait aux gouttes de rosée,
Je les vis foisonner, recouvrir les sillons,
Commencer des « Ascensions » [3],
Elevant leur Patrie avec eux, — irisée.

Leur tige, en montant vers l'azur,
N'emmenait-elle pas la sève de la Terre?
Leurs épis s'élançaient, se garnissaient d'or pur,
Et, de leur odeur de blé mûr,
Encensaient à leur tour le sol héréditaire.

L'Ouragan, déchaîné soudain,
Aurait-il donc anéanti ces blés superbes?
— Les uns ont vu tomber la foudre — avec dédain;
Les autres, couchés en ondain,
Blessés, — gardent l'espoir de devenir des gerbes;

Et ceux, qui n'apparaissent plus,
Sur qui la bataille a passé comme une herse,
Ne croyez pas que leurs destins soient révolus :
Ils pointent au pied des talus :
On dirait un rang de baïonnettes, qui perce [4]...

On dirait *l'autre blé* français
Qui s'élève à son heure, ainsi qu'une marée :
Reculez, Allemands! Reculez donc assez!
Il lui faut de larges accès,
A sa vague de fond, bruissante et dorée.

Quand naguère vous dévaliez
Par les mêmes chemins que les Huns, vos ancêtres,
Vous saviez que nos champs n'étaient plus des halliers,
Que votre faim de sangliers
N'y rencontrerait pas que des faînes de hêtres.

Le blé se défend, Messeigneurs !
Il donne la vertu d'opérer des prodiges
Aux gens de son terroir, — semeurs et moissonneurs, —
A ceux dont les calmes bonheurs
S'enlacent, comme des liserons, à ses tiges.

La Terre s'est faite Froment :
Le Froment se fait Pain ; le Froment se fait Homme :
Il devient l'Homme-Dieu dans le Saint-Sacrement :
Il est plus que notre aliment :
Quand nous luttons pour lui, c'est lui qui lutte, en somme.

Car, il est notre vie, à nous,
— Notre vie à la fois et celle de nos plaines. —
Quand nous le recueillons, nous ployons les genoux !
Et nous ne serions pas jaloux
De répandre pour lui tout le sang de nos veines ?

Notre Blé, que nous chérissons,
Nous l'abandonnerions à l'assaut des barbares !
Ils viendraient, nous vivants, outrager nos moissons,
Ils viendraient, gorgés de boissons,
Piétiner notre sol, aux sons de leurs fanfares !

Que pensent-ils, en vérité,
Ces mangeurs de pommes de terre et de choucroute ?
— Que nous avons perdu notre virilité
Ou que leur renom mérité
De Vandales — suffit à nous mettre en déroute ?

Ils font la guerre des hoyaux ?
— Nous connaissons cela, les hoyaux et les houes,
Nous creusons, au brabant, des lignes de « ruyaux » :
Nous creuserons bien des boyaux :
Ce n'est pas d'aujourd'hui que nous foulons les boues.

Comme les anciens louvetiers,
Autant qu'il le faudra, nous monterons la garde :
Nous gèlerons l'hiver ? — C'est l'un de nos métiers.
Nous brûlerons des mois entiers ?
— Ce n'est pas d'aujourd'hui que le soleil nous darde.

Pendant qu'ils guerroient sous le sol,
Jusque sur notre tête, ils promènent leurs « taubes »[5]
— Sans doute, des cousins-germains du Campagnol[6],
Des Chauves-souris de haut-vol !
— Ce n'est pas d'aujourd'hui que nous tirons les taupes :

Comme ce n'est pas d'aujourd'hui,
Que nous vous enfermons, renards, dans vos tanières
Et que vous vous enfuyez, sangliers, avec bruit,
Sous notre plomb qui vous poursuit,
Culbutant du boutoir bornes et taupinières.

Derrière leurs ronces de fer,
Casqués, gonflés de sacs, on croirait des tarasques,
Sans l'énorme groin, qui leur donne un autre air.
— Haro sur ces Masques d'enfer !
Ce n'est pas d'aujourd'hui que nous sifflons les masques.

Contre les gaz de ces « héros »,
Nous ne combattrons pas dans les enthousiasmes,
Comme les chevaliers du Roi Louis Le Gros,
Mais, de Gisors à Mussegros,
Ce n'est pas d'aujourd'hui que l'on sent des miasmes[7],

Comme ce n'est pas d'à présent
Que l'éclair y jaillit en lueur écarlate
Et que, sur la forêt, au ramage angoissant,
Et sur le troupeau mugissant,
Le Tonnerre, comme une artillerie, éclate.

Que s'il faut passer par le feu,
Ce n'est pas d'à présent que le feu purifie :
Ce n'est pas d'aujourd'hui que l'on vous fait le vœu
De plutôt mourir, ô mon Dieu,
Que de sacrifier les raisons de sa vie !

Jusque sous les fils barbelés
La Chanson des Grands Blés frappera notre oreille,
Et nous accepterons, sans en être troublés,
— Puisque nous incarnons les blés, —
Que notre destinée à la leur soit pareille. . . . .
. . . .

Leurs sacrifices accomplis,
— Sur leurs corps ou plutôt sus leurs tiges fauchées,
Avec précaution la Terre étend ses plis,
Comme si, même ensevelis,
Ils allaient s'élancer à nouveau des tranchées.

Et leur âme, — ou plutôt leur grain,
Après le crible, après la meule, après la flamme,
Est devenue un pain, doré de l'or du Rhin,
Un pain Alsacien-Lorrain,
Et nous communierons à jamais à leur âme !

18 septembre 1919.

[1] Bataille de Brenneville ou de Brémulle en 1119.

[2] Combat de Brémulle en 1870 (V. *Escoviennes* : Les Grands Jours d'Ecouis).

[3] *Ascensiones in corde disposuit.* « Des Ascensions dans le cœur ». Devise donnée au Collège d'Écouis par M. le Supérieur Acard. — L'auteur a été l'aumônier, au Collège, de 30 de ces futurs martyrs.

[4] Allusion aux baïonnettes de la Tranchée célèbre. (V. *La Tranchée des Baïonnettes*, page 72.)

[5] Prononcer « taupes » à l'allemande.

[6] On sait que l'invasion des campagnols est venue d'Allemagne.

[7] Allusion aux râperies de betteraves.

FILLES DE FRANCE

Ils arrivaient, de toutes parts, en chevauchées,
Comme les flots que la tempête fait courir...
Et je vis tout à coup une longue tranchée
Se creuser devant eux... s'ouvrir...

— Que sont-ils devenus, les Cadets de Gascogne,
Les hardis Provençaux, les souples Savoyards,
Les Auvergnats qui se connaissent en besogne,
Les Parisiens débrouillards,

Les Champenois malins, les Flamands chauds et graves,
Les francs Picards, les gars Normands, les loups Bretons,
Les lions Vendéens, les Berrichons si braves
Alors qu'ils semblent des moutons?

— Que sont-ils devenus? C'est vous, ô jeunes filles
Qui me le demandez d'un regard anxieux,
Et tandis que vos doigts tremblent sur vos aiguilles,
Des larmes tombent de vos yeux.

Ah! n'interrompez pas pour cela votre ouvrage!
C'est pour que vous viviez que les braves sont morts,
Pour que, rivalisant avec eux de courage,
Vous continuiez leurs efforts.

Mais, plutôt, déposez l'aiguille pour une heure ;
Parcourez le chemin que les Morts ont suivi :
Leurs voix, dont vibre encor leur dernière demeure,
Vous apprendra pourquoi l'on vit.

Visitez les vallons et les champs d'hécatombes,
De la Marne à l'Yser, de Dormans à Verdun.
En saluant bien bas la moindre de ces tombes,
Dites : — « Nous avons là quelqu'un...

« Quelqu'un de la Famille, ou quelqu'un de la Race,
« Son nom importe peu : dans le même champ clos,
« La même croix, portant le casque ou la cuirasse,
« Abrite le même héros.

« Ils ont versé leur sang pour que la France vive,
« Qu'elle vive longtemps, qu'elle vive toujours,
« Et, quoique notre force à nous soit bien chétive,
« Nous leur devons notre concours.

« Les luttes de la Paix ne sont pas les moins dures.
« Pour que la France, en nous, retrempe ses vigueurs,
« Il faut que nous soyons des vierges aussi pures
« Que furent vaillants les vainqueurs ! »

— Et n'est-ce pas le Saint-Esprit qui vous anime,
Vierges de France, enfants de Marie et de Dieu ?
N'est-ce pas, avec Lui, la vertu magnanime
De ceux qui gisent en ce lieu ?

Leur Ame vous sourit dans ces fleurs de tranchée,
Dont la carnation est celle de leur sang,
Le cri que vous jetez vers la forêt hachée
Vous revient avec leur accent !

Ces talus émouvants ont senti leurs étreintes.
Ce fut leur point d'appui pour bondir aux combats ;
Leur Ame généreuse a gravé ces empreintes
De mains, de genoux et de pas.

Le mur de la caverne est revêtu de fresques :
La manière est naïve ou le goût souverain ;
Sur ces dessins inachevés, mais pittoresques,
Leur Ame a conduit le burin.

Leur Ame a conservé ces champs sous son empire :
Elle plane dans l'air, elle pénètre tout,
Elle met sa vertu dans l'odeur qu'on respire,
Elle maintient ces croix debout.

Laissez-vous, laissez-vous imprégner par leur Ame,
Assimilez-vous-la de tout votre pouvoir :
Remplissez votre cœur de son feu, de sa flamme,
Livrez-vous, comme elle, au Devoir.

Que si vous grandissez, comme de saintes vierges,
Gardant sur votre front des puretés de lys
Et dans votre regard des chatoiements de cierges,
La France vivra par vos fils !

Car, vous aurez aussi votre heure solennelle,
Où s'enfuira la Nuit, où naîtra le Printemps,
Où la Gloire, à la fois divine et maternelle,
Illuminera vos vingt ans ;

Où vous consacrerez à l'Auteur de la vie,
Où vous élèverez, devant le genre humain,
L'Espoir réalisé de la France ravie :
La Jeune-France de demain.

L'Allemand, ce jour-là, constatera, fébrile,
Qu'il a tort de rêver de retours triomphants,
Que la France n'est pas une terre stérile,
Que nos morts sont toujours vivants.

L'Univers, ce jour-là, chantera vos louanges,
Vierges de France, — heureux de voir et de bénir,
Dans ceux que vous appellerez vos petits anges,
Ses Rédempteurs de l'Avenir !

Neuve-Lyre, 17 mars 1921.

AUX ANCIENS COMBATTANTS DE LYRE

LYRES

Une hymne sort du Monde.
VICTOR HUGO.

Dieu donne aux Morts les seuls vrais biens, les vrais Royaumes.
VICTOR HUGO.

Quand le soir, en Été, l'Azur n'a pas de voiles,
La Lyre du Zenith s'illumine d'étoiles
Et je prête l'oreille avec ravissement
A tout ce qui frémit, à tout ce qui soupire,
A tout ce qui résonne, en ce pays de Lyre,
Dans la splendeur du Firmament.

C'est la Lyre tendue à travers la Nature,
La Lyre, qui frissonne en chaque créature,
De l'Astre d'or au Ver éclairant des sillons :
C'est la Lyre des blés, des Moissons, de la Plaine,
Que le Zéphir, — en les frôlant de son haleine,
— Accorde au cri-cri des grillons :

C'est la Lyre des Bois aux sifflets de hulottes :
La Lyre des Chemins aux grelots de roulottes :
La Lyre des Vallons, où la Risle bruit :
La Lyre de la Tour, où la Cloche attendrie
Offre notre salut à la Vierge Marie
Avant que ne tombe la Nuit :

La Lyre des Ovins, qui changent de pacage;
Non sans bêler, — ni sans broutiller au passage,
Malgré l'empressement des chiens — à les ranger :
La Lyre gémissante — et presque lamentable,
— Des Bovins assoupis, qui rêvent de l'Etable
Quand ils ont l'herbe du Verger :

La Lyre de l'Usine, à la voix de Sirène,
Où le Cuivre, broyé par l'Acier qui l'entraîne,
Aux Échos d'alentour tinte son désespoir :
La Lyre aussi, — plus martiale que naguère,
— Où, près de nous, les Chants et les cris de la guerre
Continuent à vibrer le soir :

Appels, commandements, poursuites animées,
Que mènent, à l'instar de nos grandes armées,
Garçons et garçonnets sur la place accourus,
Tandis que, sur les bancs de devant les fenêtres.
Les Parents, les Vieillards, les Ombres des Ancêtres
S'entretiennent des Disparus,

Tandis que, dans l'église, une jeune Chorale
Prépare en leur honneur des chants de Cathédrale,
Que l'Orgue s'y prodigue en accords triomphants,
Que tout veut célébrer, ô Lyre, des Victimes
Qui furent à la fois tes Lyres magnanimes
Et tes magnifiques Enfants :

Car, la première Lyre, en vérité, c'est l'Homme
Aussitôt qu'il se sent, qu'il s'entend, qu'il se nomme :
Son Cœur en est la base et ses bras, les montants
Et ses nerfs — la portée à l'innombrable fibre :
Est-il des chants plus beaux que ceux où le Cœur vibre
Jusqu'à les rendre palpitants?

Ils étaient, nos soldats, des Lyres généreuses !
Lorsqu'ils chantaient, leurs cœurs battaient sous leurs vareuses,
Comme autrefois — ceux des soldats de Jeanne d'Arc.
Que s'ils interrompaient leurs fières sérénades,
C'était pour employer au lancer des grenades
Leur Lyre transformée en Arc.

Ils étaient, nos soldats, des Lyres ouvrières,
Qui dressaient, qui tendaient leurs cordes en barrières,
Fermant la route aux ennemis de nos foyers.
Leurs faits d'armes étaient illustres et modestes,
Comme ceux que taillaient pour les Chansons de gestes
Les Durandal des Chevaliers.

Ils étaient, nos soldats, des Lyres idéales.
Si leur chant ordinaire était celui des balles
Et de tous les engins de mitraille et de feu,
Ils n'en luttaient pas moins pour les plus douces choses,
Pour que le Vent du Nord ne gelât pas les Roses,
Pour que l'Avenir restât bleu.

Ils étaient, nos soldats, des Lyres salutaires :
Que de fois, au retour des atroces cratères,
Même des braves grommelaient : *Nous les aurons !*
Alors, ils le disaient, eux, comme il faut le dire
Et tous de s'écrier, reprenant le sourire :
— « Vive la Lyre et les Lyrons ! »

Ils étaient, nos soldats, des Lyres héroïques :
Ne combattant jamais pour des buts prosaïques,
Mais pour que la Justice obtînt le dernier mot,
Lyres de Dieu, Lyres d'honneur et de vaillance,
Ils « lyrèrent » jusqu'à la fin, sans défaillance,
— Jusqu'à leur suprême sanglot.

Comme dans un Printemps de douleur et de sève,
— Des Champs, des Bois, de l'Air en tempête, — s'élève
L'Hymne annonciateur des moissons de l'Eté,
Elles ont eu leur part, nos Lyres triomphales,
Dans le déchaînement des terribles rafales,
Où l'Ennemi fut emporté.

*
* *

Ceux qui ne vibrent pas sont des foyers sans flamme,
Des temples sans autel, des fantômes sans âme,
Des corps, qui semblent vivre et dont le cœur est mort.
Ils vont, comme des insensés, sans but ni voie :
Ils sont la barque vide et que le flot envoie
S'enliser aux sables du bord.

Heureux, vraiment heureux ceux que le Ciel attire,
Ceux qui pour l'Idéal affrontent le martyre :
Qu'ils aient été déçus, cela ne se peut pas.
Cela ne se peut pas que le Dieu de Justice
Ne leur ait réservé, pour tout leur sacrifice,
Que trois pieds de terre ici-bas :

Les lâches prévaudraient sur les bons à ce compte !
Non, la Raison n'est pas du côté de la Honte :
« Ceux qui pieusement sont morts », pour leur Pays
Ne sont pas aussi morts qu'ils en ont l'apparence :
Ils ont acquis des droits réels — par leur souffrance :
Leurs droits ne seront pas trahis.

Parlons d'eux ! Chantons-les ! Acclamons-les encore !
Montrons à nos enfants comment un Peuple honore
Ceux qui sont morts pour lui dans les plis du Drapeau !
Dressons-les en statue ! Ornons-les de couronnes !
Entassons le granit pour leur servir de trônes :
Nous n'oserons rien de trop beau.

Si notre affection, en ces efforts suprêmes,
N'arrive pas, hélas ! à les atteindre eux-mêmes,
— S'ils manquent seuls, hélas! à l'honneur qu'on leur rend,
— N'en vénérons pas moins leurs sublimes images.
Leur nom, leur simple nom a droit à nos hommages,
Tant leur sacrifice fut grand.

Mais, ils ont mérité mieux que de froids éloges,
Les héros de l'Yser, de Douaumont, des Vosges;
Mieux que les monuments de nôtre piété.
Le Poète l'a dit : « Nous sommes des fantômes.
« Dieu donne aux Morts les seuls vrais biens, les vrais Royaumes »,
La réelle Immortalité.

Cette Immortalité réelle et personnelle,
Que Dieu seul peut gager sur sa Vie éternelle,
Cette Immortalité réelle — de Bonheur,
Que Roland attendait au Paradis des Braves,
Nos Soldats, — quand la Mort a brisé leurs entraves,
— Y sont entrés avec honneur.

Là, parmi les Elus, leur Ame communie
A Celui, dont ils ont partagé l'Agonie,
A Celui, qui les rend glorieux à leur tour.
Ils ont quitté la terre, où sévissait la Haine :
Ils ont laissé leur corps de misère et de peine :
Ils ont trouvé le Grand Amour.

Ensemble, Aimants, Aimés, Lyres transfigurées,
Le plus pur Idéal des Unions Sacrées
Les a joints au Concert de la Terre et des Cieux :
Ils ne regrettent pas leurs anciennes souffrances :
Leur Bonheur d'à présent passe leurs espérances :
Le Bonheur vit et vibre en eux :

— Gloire à Dieu, chantent-ils, *au Dieu de la Victoire.*
Que la Terre et le Ciel débordent de sa Gloire!
Gloire à Lui pour les maux que nous avons soufferts :
Notre Lyre aujourd'hui n'en est que plus sonore
Et nous offrons à Dieu, dans l'Éternelle Aurore,
L'Hymne qui sort de l'Univers.

Au pied du Monument de la Neuve-Lyre, à son Inauguration, par M. Goublet, Préfet de l'Eure, le 4 juin 1922.

A M. A. JACQUIER, SCULPTEUR

L'ANGE DE LYRE

Ange de Lyre, — tu descends
Auprès de l'Autel de l'encens :
Tes pieds ont frôlé la Tour grise,
Qui, depuis quelque neuf cents ans,
Porte la Croix de notre Eglise.

Ange de Lyre, — que veux-tu ?
Pourquoi ton bras est-il tendu
Vers les régions éternelles ?
A la cime de la vertu
Veux-tu nous porter sur tes ailes ?...

. . . .

Qu'il est simple dans sa grandeur !
Qu'il est discret dans sa candeur,
L'Ange dont la Lyre est l'insigne !
Quelle alliance de splendeur
Et de délicatesse insigne !

Son geste commande l'essor
A ceux qui succombent encor
A la tristesse qui les mine.
Plus que son auréole d'or,
Son Innocence l'illumine.

A la profondeur de ses yeux,
On voit qu'il contemple les cieux.
Cependant, il sourit à peine,
Et son front se fait soucieux
Pour compatir à notre peine.

Il sait quels combats meurtriers
Furent livrés par les guerriers
Qui remportèrent la Victoire
Et combien sont lourds des lauriers,
Où le sang se mêle à la gloire.

Mais, s'il permet que nous pleurions,
Il veut surtout que nous ayons
Un entier abandon au Père :
Ces lauriers, ces croix, ces rayons
Ne nous disent-ils pas : Espère?

Notre Foi, — ne l'oublions pas, —
C'est un peu de ciel, ici-bas,
Du Laurier du ciel, qui s'effeuille :
Ce vrai Laurier de nos soldats,
Que notre Espérance le cueille !

Les yeux en haut ! les cœurs en haut !
Sachons prier comme il le faut,
Comme notre Ange nous l'inspire !
L'Ange de Lyre est un héraut :
Ecoutons-le, l'Ange de Lyre !

Près du *Mémorial* de l'Église de la Neuve-Lyre, au jour de sa Bénédiction, par Mgr Chauvin, Evêque d'Evreux, le 23 mai 1922.

AUX FAMILLES DE NOS MORTS

CE QUE DIT L'ANGE

Qui cecidere pii tingentes sanguine lauros,
Lauris nunc fulgent nitidis, sine fine lyrantes.

Inscription du Mémorial.

Les Justes ont teint de leur sang
Les lauriers verts de leur martyre :
Leurs lauriers sont d'or à présent
Et dans le ciel vibre leur lyre.

Traduction.

Vous qui priez pour eux, espérez les revoir :
Les Morts ne sont jamais aussi morts que l'on pense.
Ceux qui jusqu'à la fin ont rempli leur devoir,
Dieu lui-même les récompense.

Vos enfants, — ses enfants, — vos guerriers, — ses guerriers,
Pour Lui, comme pour vous, ont fait leur sacrifice.
Luttant pour ses autels, comme pour vos foyers,
Ils étaient de double service.

Aussi tombés pieusement dans les combats,
Immolés de plein cœur pour les plus saintes causes,
Il leur faut plus de fleurs, qu'il n'en pousse ici-bas;
Il leur faut de plus belles roses;

Il leur faut des lauriers, qui ne puissent faner,
Dont le rayonnement transfigure leurs plaies,
Dont, au son de la Lyre, ils fassent frissonner
Le feuillage d'or et les baies :

Ecoutez avec moi leur chant mélodieux :

Le Chemin de la Croix est le Chemin des Cieux.
Jésus nous a tracé la voie.
Vous qui priez pour nous, levez, levez les yeux !
Il nous associe à sa joie :

Il nous donne à satiété
Tout ce que notre âme désire :
Le Vrai, le Beau, le Bien et l'Immortalité,
Que nous chantons sur notre lyre.

Les champs, dont nous avons piétiné le gazon,
Ont porté jusqu'au ciel des épis à foison
Et la moisson commence
Dont notre sang fut la semence :
La moisson du bonheur immense...

Ne succombez donc pas à la tentation
De prendre pour ciel vos clairières.
Ceux qui souffrent au lieu de l'Expiation
Réclament encor vos prières :

Mais, nous, loin de nous plaindre, enviez notre sort :
Le Bonheur appartient à qui se sacrifie.
Nous ne sommes pas dans la Mort :
La Mort nous a donné la Vie.

Oui, courbez-vous, comme eux, sous la croix de Jésus :
Conformez-vous, comme eux, à son Ordre suprême :
Lorsqu'un jour, auprès d'eux, il vous aura reçus,
Vous comprendrez combien il aime.

LES IMMORTELS

Dieu a créé l'homme immortel.
Sagesse, II, 23.

Symboles.

Non, ils ne sont pas morts, les grains de Blé dorés,
Que le Semeur jetait, sous la bise, à main pleine.
Ensevelis vivants, mais à fleur de la plaine,
Ils en ressortiront en bataillons sacrés,
Drus comme une toison de laine.

Non, ils ne sont pas morts, les limpides Bluets :
La Faucheuse a bien pu, dans la nuit délétère,
Les étendre, à côté des épis, contre terre :
Ils se redresseront comme eux, — toujours fluets,
L'allure toujours militaire.

Non, ils ne sont pas morts, les jolis Papillons,
Qui voletaient de fleurs en fleurs — par la prairie ;
Ils reprendront soudain leurs ailes de féerie,
Quand le Printemps, de la clé d'or de ses rayons,
Ouvrira leur coque flétrie.

Non, ils ne sont pas morts, nos vigoureux Sarments :
Ils ont été brisés par des soudards indignes
Parmi les fils de fer, où s'accrochaient leurs lignes :
Mais, ils ont conservé, dans leurs moindres fragments
La sève écumante des Vignes.

Non, ils ne sont pas morts, nos hardis Peupliers.
Ils étaient de grand'garde aux chemins de la Somme,
Quand l'Ennemi les a sciés à hauteur d'homme,
Et les voilà, gisant comme des Chevaliers,
— Des Chevaliers qui font un somme :

Mais, je les vois demain secouer leur sommeil :
Je les vois regagner l'azur de proche en proche
Et sur le même pied et sur la même roche,
Reprendre leur service en face du Soleil,
— Bayards sans peur et sans reproche.

Oh ! ne me dites pas : « Ce sont leurs rejetons,
Ce n'est pas eux qui brandiront leur oriflamme. »
— Car, malgré la fureur de l'abatage infâme,
C'est bien eux que je vois défier les Teutons :
Ils n'ont rien perdu de leur âme...

La Voix de la Nature.

Je crois à l'Immortalité,
Elle est l'Etoile salutaire,
Qui sur les Ombres de la Terre
Répand la plus douce clarté :
Elle est l'Espérance suprême
Des cœurs qui savent dire : J'aime ;
Elle est l'attribut de l'Esprit.
L'heure vient, où le corps succombe :
L'heure d'après, il se flétrit :
L'Esprit le suit-il dans la tombe ?

Écoutez la grande leçon :
— L'oiseau qui chante sous le chêne
Est l'anneau vivant d'une chaîne
Qui remonte au premier Pinson
Et les arbres du voisinage,
De non moins antique lignage,
Se sentant rajeunis vraiment
Par ses joyeuses ritournelles,
Y mêlent l'applaudissement
De leurs ramures fraternelles.

Le même Lion qu'autrefois
Bondit sur la même Cavale,
Tandis que la même Cigale
Caquète dans le même bois.
Il n'est si frêle brin de mousse,
Si mince fougère qui pousse,
Si pauvre être disgracieux,
— Du monstre marin à l'insecte,
— Que, depuis leurs lointains aïeux,
La Mort ne touche... et ne respecte.

La forme change incessamment,
Mais non la substance profonde,
Dont les apparences du monde
Sont les vagues en mouvement :
Et l'Ame mourrait tout entière
Alors que l'inerte matière
Ignore la Destruction ?
L'Esprit humain, le plus bel Être,
Le Roi de la Création
Serait le seul à disparaître ?

La Voix de la Raison.

Non, cela ne se peut. L'Ame échappe au trépas.
Si la Matière, en sa substance, est immortelle,
C'est que ses éléments ne se divisent pas.
Et notre Ame, en quoi donc se diviserait-elle ?

*
* *

— L'Homme, dira quelqu'un, survit dans ses enfants :
Il prolonge par eux les luttes de sa vie.
Il cueille par leurs mains les lauriers triomphants
Et son sang, dans leur sang, fleurit et fructifie.

— Cette Immortalité, je ne le nierai point,
Vaut mieux qu'une Epitaphe au Temple de Mémoire
Et que tous ces discours, où ne manque qu'un point,
La présence de ceux dont on vante la gloire.

Mais, pour s'en contenter, il faudrait s'avilir :
La nature de l'Homme est si haute et superbe
Que l'Immortalité ne peut que l'ennoblir,
Au lieu de l'égaler, somme toute, au brin d'herbe.

La plante sans instinct, l'animal sans raison
N'ont pas sur l'Avenir de longue perspective :
Dieu veille sur leur Race ou sur leur floraison
Et c'est assez pour eux que leur Espèce vive.

Il n'en va pas ainsi de l'Homme : Il suit les siens
Au delà des trébuchements de leur enfance :
Comme à son avenir ont songé les Anciens,
Il songe à l'avenir des siens : Il le devance.

Est-ce que ses aïeux ne vivent pas toujours ?
Leur exemple demeure, et plus que leur exemple :
Il les voit. Il les sent. Il attend leur secours :
Il les invoque, en sa Maison, comme en un Temple.

Et lui-même, il vivra chez ses Enfants plus tard :
Ils n'hériteront pas seulement de sa trace,
De son toit ; ils auront une meilleure part :
Son Ame, réunie aux Ames de sa Race.

Il sera leur Témoin : Il sera leur Vertu,
Leur inspiration, leur bonté, leur génie :
Il viendra relever leur courage abattu :
Il les dirigera sur la Route infinie...

Et pensez-vous que Dieu soit moins juste que nous ?
Vous auriez devant vous des Martyrs, des Apôtres :
Pour les récompenser, dites, que feriez-vous ?
Donneriez-vous leur gloire et leur couronne à d'autres ?

Tout au moins, selon vous, il en serait ainsi
Pour tant de nos héros tombés sans descendance ;
Alors qu'ils ont gagné vaillamment eux aussi
Et peut-être — plus que d'autres, — la Récompense.

La Voix de l'Évangile.

Les Morts sont des vivants *
Mêlés à nos batailles :
Qu'importent les entailles
Et les gaz étouffants,
— Qu'importe le martyre
A celui qui peut dire :
— « Mes enfants, que j'aimais,
« Je pars, mais je vous reste :
« Près du Père céleste,
« Je vous aime plus que jamais.

— « Apprenez, mes Apôtres,
Disait le Christ, un jour,
« Que mourir pour les autres
« C'est la Loi de l'Amour.
« Pour que le grain renaisse,
« Il faut qu'il disparaisse :
« Il faut qu'il soit meurtri.
« Que s'il tombe inutile
« Hors du sillon fertile,
« Il se dessèche et se flétrit.

« Quand je mourrai moi-même,
« Gardez-vous de pleurer :
« Dans votre âme qui m'aime
« Je viendrai demeurer.
« Tant qu'elle en sera digne,
— « Comme le cep de vigne

« Fait vivre le sarment,
— « Ma grâce, qui l'inonde,
« La maintiendra féconde :
« Mon Sang sera son aliment.

« Croyez en ma parole :
« Qui se sauve est perdu,
« Qui se perd et s'immole
« A la vie est rendu.
« Je suis la Vie intense :
« Je suis la Providence
« De ceux qui croient en Moi.
« Ma force est votre force :
« Comme au chêne l'écorce,
« Restez attachés à ma Foi. »

La Voix de l'Histoire.

Aussi, quand les bourreaux crucifiaient saint Pierre,
Que d'autres sur saint Paul déchargeaient leur rapière,
Les deux Amis avaient le front épanoui :
Ils mouraient pour Jésus : Ils revivaient en Lui.

Saint André s'écriait : « Salut, Croix Vénérée,
« Croix si bonne et que j'ai si longtemps désirée,
« Qu'Il reçoive aujourd'hui mon offrande par toi,
« Celui qui dans tes bras s'est immolé pour moi! »

Saint Ignace écrivait : — « O l'ineffable joie!
« Froment du Christ, je vais à la meule qui broie :
« C'est la dent des Lions qui me vaudra l'honneur
« De devenir le Pain azyme du Seigneur. »

Quand les Martyrs, enduits de poix, servant de torches,
Flambaient, durant la nuit, pour éclairer les porches
De Néron, — cependant que ce Roi des Tyrans
Célébrait ses faux dieux en des vers délirants,

Lorsque tant d'autres, de vertus non moins insignes,
Femmes, vierges, enfants, tendaient leurs cols de cygnes,
Et que leur sang, giclant au milieu des païens,
Y levait tout à coup en moissons des chrétiens,

Leur sang, ils le savaient, était une Semence :
La Mort, ils le croyaient, c'est le Ciel qui commence :
Demain, ils l'espéraient, calmes et glorieux,
Ils orienteraient le Monde vers le Mieux...

..... Mais, pourquoi rappeler l'âge des Catacombes ?
Ne les a-t-on pas vus s'élancer de leurs tombes,
Les Celtes, les Gaulois, les Francs, les Chevaliers,
Et combattre avec nous, à travers les halliers ?

N'a-t-on pas vu surgir, pour vaincre l'Allemagne,
Les Roland, les Turpin, les Pairs de Charlemagne,
Les Croisés de Louis comme ceux de Richard,
Le Sire Du Guesclin, le Chevalier Bayard,

Et La Hire et Dunois, et Jeanne la Lorraine,
Et Jean-Bart, et d'Arras, et Villars, et Turenne,
Et Kléber, et Marceau, sans oublier celui
Dont le nom seul retient l'Univers ébloui ?...

Sainte Communauté de la Race française !
Au chant du *Te Deum* et de la *Marseillaise*,
Ils sont venus : Ils sont accourus : Ils sont là
Aussi vraiment qu'est là, devant eux, Attila,

Aussi vraiment que sont, à leurs côtés, les Dames,
Dont la pensée a tant de fois guidé leurs âmes :
Elles ont pour devise aussi : « Fais ce que dois »,
— Dames de la Croix-Rouge, — au contact de leurs doigts,

De leurs cœurs, — guérissant les pires cicatrices,
Et fixant avec art les bandes protectrices,
Mettant aux yeux éteints une aube de clarté
Et sur les fronts pâlis — une Sérénité...

Debout, les Morts!

Au cri : « Debout, les Morts! » d'où vient que l'on s'étonne,
Lorsqu'il retentit tout à coup
Au plus fort du combat, dans le canon qui tonne?
— Ne sont-ils pas toujours debout?

Debout au campement, attendant la relève,
Tandis que sur la glèbe, épars,
Leurs enfants, — nos soldats, — les contemplent en rêve,
Dans un flottement d'étendards :

Debout dans le fortin, debout dans la tranchée,
Pour la défense, pour l'assaut,
Pour la reconnaissance et pour la chevauchée,
Toujours debout et le front haut :

Debout dans la mitraille et parmi les miasmes,
Debout le jour, debout la nuit,
Debout dans l'endurance et les enthousiasmes,
Debout sans trêve et sans ennui :

Debout ! Mystérieux, mais beaux ! Joyeux, mais graves !
Vivants, quoique on les dise morts !
Obtenant tout du ciel ; la Patience aux Braves,
La Victoire finale aux Forts.

⁂

France, qui vis par eux, ne crois pas, Sainte France,
Que tes Morts t'abandonneront,
Ni qu'ils regarderont avec indifférence,
Leur auréole sur ton front :

Ils t'ont sauvée, ô France : Ils t'ont transfigurée :
Ils continuent à te bénir :
Toujours grands, toujours bons, d'une marche assurée,
Ils t'entraînent vers l'Avenir.

Neuve-Lyre, 19 mars 1923.

* *Les morts sont des vivants mêlés à nos combats.* V. H. (L'Année Terrible). — L'Immortalité a été l'une des grandes croyances de Victor Hugo. Il a écrit dans son Testament : « Je crois en Dieu et en l'Immortalité de l'âme ». — Qui ne connaît son discours du 15 janvier 1850, à l'Assemblée législative : « *J'y crois profondément à ce monde meilleur et je le déclare ici*, **c'est la suprême certitude de ma Raison, comme c'est la suprême Joie de mon âme** ».

TABLE

Voix douloureuses, Prélude 5

LAURIERS DE LYRE

En Gare de Lyre 6

I. — APRÈS CHARLEROI

I. A notre Etoile 15
II. Toujours debout 16
III. France d'abord 17
IV. La Lyre brisée 21
V. Le Shrapnell 24
VI. La Force de l'habitude 25
VII. L'Abbé Delbecque 27
VIII. Le Psaume 78 29
IX. La Vierge d'Albert 31
X. Bénédiction 32
XI. Le Miracle de la Marne 35

II. — APRÈS LA MARNE

Sur le Front.

I. Le Béarnais 39
II. Demande d'Éléments 40
III. Le Ballon captif 41
IV. Frère d'armes 43
V. Noël sur le Front 45
VI. Antiochus 46

VII. La vieille Belge 49
VIII. Le Don du cœur 50
IX. Bouképhal. 51

A l'Arrière.

X. Dieu avec nous. 55
XI. A Nétreville 56
XII. Le Louis d'or 59
XIII. Printemps lyrien. 61
XIV. Le Sel de la Terre 64
XV. La Branche rompue 65
XVI. La Feuille du chêne 66

Retour au Front.

XVII. L'Abbé Tant Mieux. 67
XVIII. Les Horace 69
XIX. Scrupule 70
XX. Le Coq et le Vautour. 71
XXI. La Tranchée des Baïonnettes 72
XXII. Vendredi-Saint. 77
XXIII. Le Douaire de Marie 78
XXIV. Le *Magnificat* de la France. 79

III. — LES SAUVEURS DE LA FRANCE

I. A l'Arc de Triomphe 83
II. A nos Morts : Leur Gloire. 87
Leur Sacrifice. 88
Leur Union. 89
III. Le Triomphe des Blés. 90
IV. Filles de France 95
V. Lyres. 99
VI. L'Ange de Lyre 105
VII. Ce que dit l'Ange 107
VIII. **Les Immortels** 109

ERRATUM. — Page 71, 2e strophe, lire : *au ciel bleu.*

Evreux. — Imprimerie de l'Eure, G. POUSSIN, Dr

DU MÊME AUTEUR

LES ESCOVIENNES

I. Les Grands Jours d'Ecouis . . . 4 fr. 50
II. Chez Nous . . . 4 fr. 50
III. Pastorales (*épuisé*).

JEANNE D'ARC

Drame pastoral en deux actes pour Jeunes Filles.

Le livret . . . 2 fr. 50
Partition de MM. Bruneau et Bulaud . . . 3 fr. »

LES PAGES DE JEANNE D'ARC
ou La Délivrance d'Orléans

Drame historique en deux actes pour Jeunes Gens.

Le livret . . . 2 fr. 50
Partition de M. P. Bulaud . . . 3 fr. »

ROSES FRANCE (2e Édition)

Quinze saynètes de guerre pour Jeunes Filles.

R. Haton, éditeur . . . 4 fr. 50

LAURIERS DE LYRE

Poèmes de guerre et d'après-guerre.

Imprimerie de l'Eure, Evreux . . . 5 fr. 50

Pour ces ouvrages, s'adresser à l'Auteur, La Neuve-Lyre (Eure), ou à la Librairie Haton, 59, boulevard Raspail, Paris VIe.

www.ingramcontent.com/pod-product-compliance
Ingram Content Group UK Ltd.
Pitfield, Milton Keynes, MK11 3LW, UK
UKHW021543260726
13993UKWH00002B/596

9 782329 205229